UN MILLIER D'ABEILLES

Des baisers sucrés au miel

Abel Assecq

AVANT-PROPOS

Cette histoire est la première d'une série que j'écris uniquement pour mon propre plaisir. Parce que j'aime ça, que j'en ai eu besoin à un moment donné et que cela m'a fait du bien.

Alors, vous allez être recouvert(e)s de bons sentiments, de bienveillance et de tendresse.

J'espère que cette histoire vous fera aussi du bien.

— Tu comprends bien que c'est la meilleure solution ? demanda le premier homme.

— Je suppose, répondit le second d'un ton qui manquait de conviction.

— Ce sera mieux pour notre couple. On pourra construire notre « chez nous », notre foyer.

— J'ai juste besoin d'un peu de temps pour réfléchir.

— Écoute Matt, dit son compagnon d'une voix pressante, je sais qu'il s'agit de la maison familiale que t'a léguée ta grand-mère et que tu y tiens beaucoup. Mais j'en ai marre de te voir que le week-end. L'appartement que j'ai repéré en ville serait parfait pour nous deux et dans nos moyens. Il y aurait même de la place pour Lancelot et l'envoyée du diable. Mais il ne restera pas longtemps vide, alors tu dois vite te décider.

— Très bien, très bien. J'essairai de trouver un agent immobilier, céda-t-il alors que son estomac se serrait.

— Super ! Tu verras, on sera bien tous les deux là-bas. On pourra profiter de notre temps libre, on s'amusera bien plus. Et tu n'auras plus à faire des allers-retours d'une heure tous les jours pour aller bosser.

Ladite envoyée du diable, ou Guenièvre comme indiqué sur son certificat d'adoption, était installée sur le rebord de la fenêtre de la cuisine. Allongée sur son flan, les yeux à moitié fermés, elle avait écouté d'une oreille attentive la discussion entre les deux hommes sans en louper une miette. Elle descendit d'un mouvement majestueux de son trône. Oui, tous les endroits où elle s'asseyait devenaient un trône. Ses pattes blanches frôlaient le sol plus qu'elles ne se posaient dessus. Elle sortit et son pelage noir luisit sous le soleil frileux de ce début de mars. Elle accéléra le pas sur la terrasse où les pavés froids lui chatouillaient les coussinets. Dans l'herbe haute et humide, elle stoppa un instant. La tête relevée, elle renifla l'air ambiant. Elle était prudente par nature et elle ne se lancerait jamais sans être certaine que le lieu était sûr.

Elle poursuivit ensuite sa route, se faufilant entre les pissenlits et les trèfles. Elle connaissait son terrain de chasse sur le bout de ses moustaches. Elle en avait parcouru chaque centimètre carré et ils étaient nombreux. Pour finir, elle s'arrêta juste après le grand chêne, à l'extrémité de son domaine. Au-delà, cela lui appartenait, et elle respectait suffisamment l'habitante de ces lieux pour ne pas entrer chez elle, sans avoir son accord. Ce qui en disait beaucoup sur cette dernière. Elle était la seule à bénéficier de cette déférence. Bien sûr, elle laissait son humain résider sur son territoire, mais uniquement parce qu'il lui donnait à manger et des gratouilles. L'idiot avait son utilité. Il n'y avait que l'intrus, qu'elle ne considérait pas comme assez important pour s'en soucier. Enfin jusqu'à présent.

Assise, la queue retroussée sur ses pattes, elle observa les fleurs devant elle. Elles étaient différentes des autres qui y poussaient, pour peu qu'on y prête attention. Elles étaient changeantes, leurs couleurs étaient plus vives, leurs odeurs plus fortes. Les plantes s'écartèrent légèrement, elle avança sur le chemin ainsi marqué. Elle s'installa au milieu de la vaste prairie où des perce-neiges à la tête tombante et d'un blanc pur l'entouraient. Elle patienta en remuant la queue dans un rapide mouvement de balancier, c'était le seul élément qui indiquait son agitation.

* * *

— Tiens, voilà bien longtemps que tu ne m'as pas rendu visite, murmura une voix âgée et fatiguée au milieu des feuilles. Le froid commence à s'éloigner, cela signifie-t-il que j'aurai le plaisir de ta compagnie plus souvent ? lança-t-elle avec malice.

— Les choses ont bougé, répondit la chatte.

— Donc, il va vendre ? souffla la créature, toute trace de gaieté avait disparu.

— Oui, son idiot de compagnon a réussi à le convaincre finalement. Je pensais qu'il nous aimait plus que cela.

Une petite fée émergea au centre du champ sauvage et vint s'asseoir face à l'animal. D'une dizaine de centimètres, elle trônait sur son domaine. Elle n'avait pas l'apparence humaine, contrairement aux représentations que l'on trouvait dans les livres, elle n'avait pas d'ailes non plus. Mais elle avait six pattes, des oreilles pointues et un pelage rugueux aussi immaculé que les fleurs où elle se cachait.

— Alors je vais disparaître, dit-elle.

— Et moi, je serai enfermée entre quatre murs avec l'autre dégénéré.

Des aboiements se firent entendre. Un Jack Russell, blanc tacheté de noir à l'exception de la gueule et des yeux entourés de marron, arriva en courant. Il piétina les plantes au passage qui perdirent leur éclat et leurs pétales sans que cela ne semble embêter le moins du monde son habitante. Il s'arrêta et virevolta sur lui-même plusieurs fois avant de s'immobiliser une seconde et de s'allonger sur le dos. Il se frotta sur le sol, la langue pendante, heureux.

— Parlant du loup, marmonna le chat.

— Un loup ?! Où ça ? grogna le chien en se relevant sur ses gardes.

— Lancelot, assis ! ordonna Guenièvre.

Aussitôt obéi, le félin tourna la tête vers l'être magique. Elle était décidée à ignorer le nouveau venu, mais elle ne pouvait empêcher sa queue de remuer encore plus rapidement. Elle était énervée.

Elle devait aborder des sujets sérieux et cet idiot allait à nouveau la harceler de questions, car il ne comprenait rien. Elle regrettait le jour où Mathieu l'avait amené dans son territoire. Elle avait dû réaliser de grands efforts pour le supporter et surtout l'éduquer. Il n'entendait rien à rien et surtout pas la manière dont elle fonctionnait, maintenant il connaissait sa place, et cela allait mieux.

— J'ai appelé les abeilles, dit la fée, elles ont le droit de savoir.

La chatte fit pivoter ses oreilles et effectivement, elle discernait un bourdonnement reconnaissable s'approcher d'eux.

— Ouvrière 1288 au rapport, salua celle-ci après s'être posée sur une feuille.

Lancelot s'avança vivement, avant de voir qu'il s'agissait des bestioles rayées qui piquaient. Guenièvre l'avait averti, mais il n'avait pu s'empêcher d'essayer d'en manger une. Il souffla du nez et passa sa patte sur son museau, en se souvenant de la douleur qu'il avait ressentie l'année dernière.

— Combien de temps nous reste-t-il ? demanda l'esprit.

— Je l'ignore, mais l'intrus veut aller vite, répondit-elle en surveillant du coin de l'œil le chien.

Il semblait avoir retenu la leçon, mais elle avait appris à ne pas négliger sa capacité à faire des bêtises. En cette matière, il relevait d'une intelligence redoutable. Et elle se retrouvait à toujours devoir veiller sur lui.

— Je suis trop vieille pour chercher un autre lieu préservé, soupira l'être féérique.

— Il n'y en a pas à plusieurs kilomètres à la ronde, l'informa l'insecte qui s'était envolé en voyant l'énorme quadrupède s'approcher. Et nos semblables que nous rencontrons sur notre trajet, dit-elle en se posant sur une nouvelle fleur, nous disent la même chose, tout comme celles qu'elles ont elles-mêmes croisées.

— Quoi ? demanda le chien. Qu'est-ce qu'il se passe ?

— Je vais donc disparaître avec ce dernier refuge, murmura la fée.

— Et nous, qu'allons-nous devenir ? s'enquit l'ouvrière.

— Comment veux-tu que je le sache ? dit le félin énervé. J'étais certaine que c'était une mauvaise idée que Mathieu se trouve quelqu'un. Et évidemment, j'avais raison comme toujours. Tout va changer.

— Quoi ? demanda Lancelot. Qu'est-ce qui change ?

— Nous ne comprenons pas pourquoi leur reine n'a pas empêché cette union.

— Les relations humaines ne marchent pas ainsi, l'abeille !

— Vraiment ? C'est possible, nous n'entendons rien à leur fonctionnement.

— Quoi ? répéta-t-il. Les humains ont une reine ?

— C'est de ta faute tout cela ! s'emporta Guenièvre. Tu n'aurais pas dû être aussi gentil avec l'autre type.

— Ben ? Mais il me donne plein de nourriture ! Et il me fait toujours des gratouilles et il dit souvent que je suis un bon chien…

La chatte se releva avant de poursuivre.

— Oh, oui, dans ce cas, cela change tout, » dit-elle avec sarcasme en se léchant la patte avant, plus pour se clamer que par réel besoin de se nettoyer. « Je vais essayer de me débarrasser de l'intrus, décida-t-elle pour ensuite s'éloigner d'un pas majestueux. Le problème sera vite réglé.

Lancelot, les oreilles aux aguets, la suivit d'une démarche beaucoup plus chaotique.

— Attends-moi Gwen !

— Nous retournons à la ruche, nous devons préparer l'arrivée de nos nombreuses sœurs.

— Bien, moi je vais me rendormir et profiter des derniers instants qu'il me reste.

La fée regagna sa demeure dans les fleurs sauvages qui reprirent leur vigueur, les pétales repoussèrent et les couleurs revinrent. En quelques secondes, nulle trace du passage d'un quelconque chien ne pouvait plus être discernée.

* * *

Dans la demeure ombragée, les deux hommes poursuivaient leur discussion. L'un était grand et n'avait que la peau sur les os alors que l'autre plus petit portait un embonpoint certain sur le ventre qui était apparu peu à peu et qui continuait à se développer. Ce dernier se déplaça vers la cuisine et trébucha sur une forme noire qui disparut à toute hâte, il se retint au mur ce qui lui évita de tomber.

— Bordel de merde ! s'écria-t-il.

— Ben ? Qu'est-ce qu'il y a ? demanda Mathieu en s'approchant rapidement.

— Ton chat a encore essayé de me tuer !

« Raté, mais je finirai bien par t'avoir, intrus »

— Toujours avec ça ? soupira-t-il en se baissant pour saisir l'animal qui se frottait contre ses jambes.

— Je t'assure qu'elle me déteste.

— Mais non, elle a juste besoin d'un peu de temps pour apprendre à te connaître.

— Ça fait plus d'un an maintenant, le temps elle l'a eu ! Regarde là, elle me prend de haut parce qu'elle est dans tes bras !

Matt préféra ne pas répondre et posa un baiser sur la tête de Guenièvre, celle-ci se mit à ronronner immédiatement et à se gratter contre son menton. Il trouvait ridicule le comportement de son amant, à la limite de la paranoïa.

— Hey ! Par contre, voilà mon meilleur pote ! s'exclama Benjamin. Oh oui, ça, c'est un bon chien ! dit-il en s'agenouillant pour caresser Lancelot.

« Bon chien ! Bon chien ! »

« Dégénéré. »

« Mais Guenièvre… il a dit que j'étais un bon chien ! »

« Traître, c'est à cause de lui que nous allons déménager. »

« Et alors ? Et c'est quoi déménager, d'abord ? »

« Nous allons partir d'ici. Je perdrai mon territoire et toi, tous tes copains »

« QUOI ? Non, c'est nul. Tu as raison, je vais faire pipi sur ses chaussures ! Ça énervait toujours le Maître quand je le faisais… Mais je ne le fais plus, se reprit-il rapidement, je ne suis plus un chiot, je suis un bon chien, maintenant ! »

« Mais oui, mais oui… »

— Pourquoi tu ne resterais pas ce soir ? proposa Mathieu. Tu n'auras qu'à partir tôt demain matin.

— Et me taper une heure de route avant de travailler ? Non, merci.

— Ce n'est pas beaucoup plus que ce que tu fais habituellement…

— Cela n'a rien à voir !

— Oui, tu préfères les transports en commun bondés avec trois changements de lignes.

— C'est plus écolo, tu devrais être content, non ? dit-il en s'approchant pour le prendre dans ses bras et chasser le chat par la même occasion.

« *Dégage l'intrus,* » pensa-t-elle en lui attaquant la jambe à coup de griffe et de dents. Elle s'enfuit ensuite en courant avant que sa victime n'ait eu le temps de se défendre.

— Saloperie ! s'emporta Ben.

— Ne t'énerve pas, elle veut juste jouer…

— Elle me hait !

* * *

— J'y vais, mon cœur, on se voit vendredi prochain ?

Benjamin avait bouclé son sac, et se tenait sur le pas de la porte, prêt à retourner chez lui, dans son studio minuscule au centre-ville ; loin du trou paumé de Matt. C'était la vie qu'il aimait. La grande ville. Celle où les rues vivaient, qui proposait des emplois, des loisirs, des restaus…

— OK.

— Je t'appelle dès que je suis rentré.

— N'oublie pas surtout, je ne serai pas tranquille sinon.

— Tu peux venir avec moi, si tu veux.

— Et je fais quoi de Lancelot et Guenièvre ?

— Prends-les, autant qu'ils s'habituent tout de suite à vivre en appartement.

— Et les laisser seuls toute la journée demain pendant que je bosse ? Ils vont détruire ton mobilier et emmerder tes voisins à hurler.

— Je préférerais pas... Mais ils devront bien s'y faire.

— C'est vrai, murmura-t-il. J'aimerais être là, continua-t-il plus fort, les premiers temps au moins, et ne pas être obligé de partir travailler juste après.

— Je comprends, il ne faudrait pas qu'ils se sentent perdus tous les deux. Même cette teigne de chat ne mérite pas ça.

— Tu recommences...

— Elle me déteste, je te dis ! Je le vois bien dans ses yeux.

Une fois qu'il fut seul, Mathieu alla récupérer de Guenièvre, elle dormait sur son fauteuil près de la cheminée. Il avait allumé un feu ce matin pour chasser l'humidité encore présente dans la maison et l'avait alimenté toute la journée. Lorsqu'il l'avait recueilli, il y a trois ans, minuscule chaton de quelques semaines, le premier hiver, et elle venait s'installer sur ses genoux sur ce même fauteuil. Lancelot avait essayé de faire de même, mais elle avait clairement marqué son territoire. Le pauvre chien devait se contenter d'être à ses pieds. Il souleva la chatte qui avait ouvert un œil à son approche, le corps pendant, alors qu'il la tenait juste sous les pattes avant. Il se posa et elle se lova contre son torse.

C'était bien, songea-t-elle, c'était chaud, et elle avait droit à des gratouilles derrière l'oreille.

— Comment tu vas ? demanda son humain. Je sais que tu es toujours plus nerveuse quand Ben est là. Et que tu as du mal à t'habituer au changement, mais regarde-moi, dit-il en cherchant ses deux billes vertes qui luisaient, il n'y a que de l'amour dans tes beaux yeux. Tu ne pourrais tuer personne ! Enfin, sauf les souris bien sûr.

Des griffades sur le genou le tirèrent de sa rêverie, Lancelot demandait sa part de caresses qu'il lui donna bien volontiers.

* * *

Le samedi suivant, au petit déjeuner, Benjamin glissait discrètement un morceau de son croissant sous la table pour Lancelot.

— Tu vas le faire grossir ! Et le sucre est très mauvais pour lui, je te l'ai déjà dit.

— Mais regarde-le ! Tu as vu les yeux qu'il me fait ?

— Oui, comme tous les chiens, il est très doué pour prendre un air malheureux dès qu'il s'agit de nourriture.

Le malheureux animal penchait la tête sur le côté et posa délicatement sa patte sur le genou de son bienfaiteur.

« Sale traître ! »

« Mais Guenièvre regarde, il me donne à manger ! »

« Tu te fais acheter. Et tu n'as même pas pissé sur ses chaussures. »

« J'y suis pas arrivé, » soupira Lancelot.

Il avait essayé pourtant, mais il était un bon chien et les bons chiens faisaient leur besoin dehors. Parfois, il enviait son amie qui semblait faire ce qu'elle voulait quand elle voulait. Lui n'en était pas capable. Lorsque son maître n'était pas là, il ne pouvait s'empêcher d'être triste alors qu'elle, elle passait son temps à dormir, comme si de rien n'était.

— Je ne peux pas résister... J'ai toujours rêvé d'avoir un chien. Depuis tout petit, je désire en avoir, mais mes parents n'ont jamais accepté. Ah, tiens, voilà mon ennemi juré ! lança Ben.

— Tu n'exagères pas un peu ? sourit Mathieu.

— Non. Tu la vois bien sur le comptoir en train de me regarder ? Je suis sûre qu'elle comprend ce que je dis. Je te déteste le chat !

« Tu n'es pas suffisamment important pour que je t'accorde la moindre pensée. Je souhaite juste que tu disparaisses. »

Elle commença ensuite à se lécher la patte qu'elle passa consciencieusement derrière son oreille pour bien lui signifier qu'il ne l'intéressait absolument pas.

— Si c'était le cas, tu devrais lui parler plus gentiment si tu veux qu'elle t'apprécie, répliqua-t-il amusé.

— Certainement pas ! Je ne vais pas me rabaisser, c'est à elle de faire un effort pour m'accepter !

— Non, répondit Matt ironique, mais cela ne te gêne pas d'en faire ton archnemesis.

— Rien à voir, ton chat est un génie du mal.

« Ah ! Bien. Cela signifie que tu as un minimum de sens commun pour

t'en rendre compte, l'intrus. »

Lancelot, déçu par le manque d'attention qu'on lui portait, posa sa tête sur le genou de Ben. Celui-ci avait beaucoup plus important à faire que de parler de Guenièvre, à commencer par lui donner à manger ou au moins le caresser. Il remua vivement la queue dès qu'il sentit les premières gratouilles derrières ses oreilles.

— J'ai trouvé le contact d'un agent immobilier du secteur, reprit Benjamin après un instant.

Il avait pensé attendre un peu pour aborder le sujet, il ne souhaitait pas gâcher leur week-end, il savait à quel point, c'était difficile pour son compagnon. Pourtant il s'était lancé, il préférait régler le problème rapidement. Ce serait fait et ils n'auraient plus à y revenir.

— Il est très bon d'après les différents sites que j'ai trouvés, continua-t-il, c'est lui qui fait la majorité des transactions dans le coin.

Il regarda enfin Mathieu, il avait jusqu'alors consciencieusement porté toute son attention sur Lancelot. Son amant avait le visage défait, cela ne lui plaisait pas de vendre, c'était évident. Ben refoula la culpabilité qu'il ressentait à l'idée de lui faire quitter la maison de sa grand-mère, où il avait passé toute son enfance. C'était ce qu'il y avait mieux pour eux. Ils ne pouvaient continuer à ne se voir que deux jours par semaine.

— Tu l'appelleras ? persévéra-t-il. Ou tu préfères que je m'en charge ?

— Je te laisse faire, répondit-il d'une voix sourde.

— Bien. Dans ce cas, que veux-tu faire aujourd'hui ? On pourrait peut-être commencer à ranger un peu ? Il paraît qu'il faut dépersonnaliser une maison avant de la vendre...

Il se mordit aussitôt la lèvre, il aurait pu amener ça autrement... Et il savait que rien que de contacter l'agent était pour lui un grand pas en avant.

— Je dois d'abord aller m'occuper de mes ruches. Les températures vont me permettre de jeter rapidement un coup d'œil, voir si tout va bien... Je suppose que je devrai aussi trouver quelqu'un pour les récupérer, cela ne devrait pas être trop difficile. Les abeilles ont la cote en ce moment…

— Matt…

— J'y vais, dit-il en se levant à la hâte. Je reviens dès que j'ai fini, cela ne devrait pas être très long.

Ben, une fois seul, eut envie de se frapper. Il n'était qu'un crétin insensible, songea-t-il en commençant à débarrasser la table, il n'avait plus vraiment faim. Il se sentait mal. Il ne voulait pas vendre pour l'emmerder, mais que pouvaient-ils faire d'autre ? À peine avait-il rangé le beurre demi-sel et la confiture au frigo qu'il entendit un grand bruit derrière lui. Il se retourna pour apercevoir une forme noire s'enfuir, son reste de café renversé sur le sol et sa tasse en miette.

— Satané chat ! s'écria-t-il

« Amuse-toi bien à tout nettoyer, stupide humain. »

* * *

Guenièvre se faufila jusqu'au cabanon à l'opposé des fleurs sauvages qui abritaient Lullaquim. Elle ignorait pourquoi ni comment, mais tous les anciens propriétaires de cette maison avaient consciencieusement évité de construire ou même de déranger de quelque façon que ce soit le lieu où elle vivait.

La porte était à peine entrouverte, mais c'était plus que suffisant pour elle. L'endroit regorgeait d'outillages et de matériaux. Mathieu se demeurait debout au milieu de la pièce, les yeux perdus dans le vague, sa tenue d'apiculteur traînait dans un coin, cela faisait bien longtemps qu'il ne l'enfilait plus, il n'en avait plus besoin. Elle s'approcha et se frotta à ses jambes, jusqu'à ce qu'elle attire son attention. Il finit par se rendre compte de sa présence et la prit dans ses bras. Elle cogna alors sa tête contre la sienne puis lécha doucement le lobe de son oreille.

« Je ne pensais pas que tu constituerais une si grande source de travail quand je t'ai adopté, humain. Débarrasse-toi de l'autre intrus, tu n'en as pas besoin. Je suis amplement suffisante à ton bonheur. »

Un aboiement dehors alerta Matt, il posa Guenièvre. Celle-ci était mécontente d'être traitée de la sorte. Son humain sortit pour découvrir Lancelot assis sagement devant la porte.

— Tu es vexé parce que tu n'as pas pu entrer, c'est ça ? demanda-t-il en souriant avant de s'abaisser pour lui caresser la tête. Toi et Guenièvre êtes mon rayon de soleil. Qu'est-ce que je ferais sans vous ? J'ai du travail maintenant, alors filez tous les deux, sinon vous allez vous faire piquer le bout du nez.

« Les abeilles ne feraient pas ça ?! N'est-ce pas, Guenièvre ? » lança-t-il paniqué. *« Elles ne vont pas venir m'attaquer ? »* continua-t-il en se frottant énergétiquement le nez.

« Bien sûr que non ! Et Mathieu le sait parfaitement. Il plaisante, enfin. Je dois vraiment tout t'expliquer. »

« Ah bon, d'accord, » soupira-t-il de soulagement.

Satisfait, il tourna sur lui-même et s'allongea sur le sol. La bouche ouverte, langue pendante à moitié, il surveillait son maître alors qu'il s'approchait des deux boîtes blanches qui abritaient deux familles différentes et pourtant identiques. Lancelot restait sur le qui-vive, son regard ne s'attardant sur rien en particulier, toujours en mouvement.

* * *

Guenièvre l'abandonna à son observation et fila en direction des fleurs sauvages qui avaient pris l'apparence de pâquerettes. Elle s'y promenait tous les jours depuis qu'ils avaient appris la nouvelle. Elle ne l'admettrait pas, ce serait mauvais pour sa réputation, mais elle s'inquiétait pour Lullaquim. La fée semblait se laisser aller. Elle comprenait, elle comprenait vraiment. Pourtant elle ne pouvait lui permettre de se morfondre, elle devait se ressaisir et commencer à chercher un nouvel habitat. Il était peu probable que les propriétaires suivants gardent sa prairie intouchée.

— Te voilà, encore ? Cela va devenir une habitude, sourit l'être au pelage qui désormais était rosé vers ses pattes.

— Ne me dis pas que mes visites te gênent ? Cela me vexerait, répondit la chatte en s'allongeant sur le flanc près d'elle.

— Que Gaia m'en préserve !

— Un humain chargé de vendre la maison va bientôt venir.

— Je pensais avoir un peu plus de temps...

— Lul, as-tu demandé aux abeilles de chercher un endroit qui pourrait te convenir ?

— Pour quoi faire ? Je suis trop vieille pour ces bêtises. Ceci est ma demeure et s'il ne me reste plus qu'une saison à y passer, ainsi soit-il.

— Même si cela veut dire que tu mourras ?

— Tout le monde doit mourir.

— Pas les chats, nous avons sept vies.

La petite fée rit et Guenièvre rabattit ses oreilles sous le son aigu qu'elle produisit.

— Ouvrière 6 546, au rapport ! L'humain a quitté notre territoire et repart vers sa grande ruche.

— Tu devrais rentrer et le garder à l'œil, mon amie, soupira Lullaquim. Je peux sentir d'ici son désespoir, toute la nature le ressent.

— Nous aussi nous sommes inquiets pour notre protecteur, les informa l'abeille.

— J'y vais, dit le chat en se relevant. C'est l'autre qui est responsable de tout ce gâchis.

— Nous pourrions le tuer, suggéra l'insecte. Si nous nous y mettons à plusieurs, nous voulons dire.

— Vous avez toujours des idées étranges, dit Guenièvre. Mais j'apprécie, croyez-le bien.

— Pourquoi cela ? Les ennemis de la ruche doivent être éliminés, ce n'est pas étrange, c'est normal.

— Je suis d'accord avec toi, malheureusement, j'ai peur que si vous exterminiez un humain, l'on oblige Mathieu à se séparer de vous.

— Oh, l'intrus est important ? Est-ce une reine ?

— Non.

— Alors qu'est-ce que cela peut faire s'il meurt ?

— Les bipèdes sont plutôt pointilleux en ce qui concerne l'assassinat de leur semblable.

— Quelle espèce bizarre tout de même !

— À qui le dis-tu !

Guenièvre étira ses pattes avant le plus possible en soulevant son postérieur, puis reprit une position normale.

— Je vais garder l'oreille ouverte, on ne peut pas compter sur l'autre idiot pour avoir des informations fiables. Ouvrière, avez-vous trouvé un nouveau refuge pour Lul ?

— Non, il y a bien des forêts près d'ici, mais les humains y sont nombreux. Ils y chassent, s'y promènent, cueillent...

— Cela ne conviendrait pas, dit fermement la fée. Je ne suis pas un être des bois, il me faudrait une prairie. Et une qui est préservée si tant est que cela existe encore. De toute manière, je ne partirai pas, j'ai pris ma décision.

— Je pourrai facilement te transporter jusqu'à un endroit éloigné au besoin, l'informa le chat. Même si cela me demande plusieurs jours.

— Merci, mon amie. Tu as bon cœur, même si tu le caches. Maintenant, va. Et prends soin de notre protecteur.

Protecteur, songea Guenièvre en courant vers la demeure. Elle avait plutôt l'impression que c'était elle qui devait protéger toute cette maison et les êtres qui y vivaient.

* * *

— Matt ! Tu fais quoi de beau ? demanda son ami en s'approchant, mais pas trop près tout de même.

Lancelot, allongé sur le flan, releva sa gueule dans sa direction, le regarda et décida de retourner à sa sieste. Il n'avait aucune nourriture sur lui, après tout.

— Je range mon débarras. Enfin, j'essaie. Je suis pas très doué.

Ben passa sa tête dans son atelier et eut un sifflement.

— La vache, mais c'est quoi tout ça ?

— Un entassement de tout ce que j'ai trouvé et que j'ai jugé utile depuis trois ans que j'aie définitivement emménagé.

— Tout ce bazar a seulement trois ans ?

— Non ! le détrompa-t-il. Il y a aussi des trucs de mes grands-parents.

— OK, la maladie de Diogène, c'est de famille donc ?

— Tu exagères…

— C'est une télé cathodique, là-bas ?

— Elle fonctionne encore… Ça fait des années que je veux vider cet endroit, sourit Mathieu devant le regard accusateur de Benjamin. Je crois que maintenant que je suis au chômage, je vais enfin avoir le temps de m'y atteler.

— Je vais me mettre des baffes pour ça dans moins d'une heure, mais… Tu as besoin d'un coup de main ?

— Volontiers. Merci.

— Et tes abeilles, comment vont-elles ? s'enquit-il pour continuer la conversation.

— Très bien. J'ai vérifié tout le matos hier avant que tu arrives, et à l'instant j'ai regardé dans leurs rayonnages, tout se passe bien.

— Et elles ne vont pas me piquer si je m'approche plus ?

— Non, les ruches sont suffisamment loin pour qu'elles ne ressentent pas ta présence comme un danger.

— J'ai appelé l'agent immobilier, l'informa Ben en entrant dans le cabanon. Il va venir cet après-midi, dit-il finalement après un long silence.

— Alors on a intérêt à se dépêcher dans ce cas, répondit Mathieu d'un ton enjoué qu'on sentait forcé.

* * *

— Bonjour, Messieurs. Je suis Mustapha Eraji.

— Enchanté, répondit Ben en souriant.

— Ravi de te revoir, Muss… J'ignorais que tu t'étais lancé dans la vente de maison.

— Je ne pensais pas que tu te souviendrais de moi. J'étais ami avec son frère, informa-t-il Benjamin.

Ce dernier commençait à comprendre pourquoi l'agent immobilier avait été si rapide à venir, il avait semblé vraiment enthousiasmé lorsqu'il lui avait donné l'adresse. C'est parce qu'il connaissait la demeure et savait qu'il pourrait en tirer un bon prix. Cela tombait bien qu'il soit disponible aujourd'hui, car il ne voulait pas qu'il se pointe lorsque Matt serait seul. Cela aurait été trop difficile pour lui.

Il observa son petit ami qui paraissait loin d'être ravi de retrouver un vieux pote. Est-ce que c'était l'homme ou la situation qui lui déplaisait ? Probablement la dernière option.

— Nous pourrions commencer tout de suite si vous êtes d'accord ? proposa l'agent immobilier.

— Volontiers. Je m'occupe de la visite si ça te va ? demanda-t-il en regardant son compagnon toujours bougon.

* * *

Mathieu acquiesça et s'enfuit dans la cuisine. Il s'autorisa une bière qui traînait au frigo avant de s'asseoir sur l'un des transats de la terrasse. Il n'était pas un grand buveur, il n'aimait pas trop cela. Pourtant à l'instant, c'est tout ce qui le tentait. Guenièvre vint tout de suite le rejoindre et se positionna confortablement sur ses genoux et se mit à ronronner. Elle avait de toute évidence un sixième sens pour deviner ses sentiments et le réconforter lorsqu'il en avait besoin. Lancelot s'approcha d'eux et s'allongea sur le sol. Étrangement, il n'avait pas fait la fête à son visiteur contrairement à son habitude. Lui aussi devait comprendre ce qui se tramait ou le ressentir d'une certaine façon à son niveau.

Il laissa les minutes filer ainsi, refusant de penser à quoique ce soit si ce n'était au doux bruit que son chat faisait à ses oreilles, à la fraîcheur de la bière et au vent vivifiant de ce début de mars qui soufflait sur son visage. Il devrait prendre soin de ses abeilles. Son matériel était prêt, les ruches étaient en bon état, il y avait veillé. Les rayons commençaient à se remplir de pollen, il y avait quelques rangées d'œufs et de larves. Il devrait encore trouver la nouvelle reine et la marquer. Il avait prévu d'agrandir son cheptel, il voulait avoir plus d'essaims pour produire plus de miel. Il vendait bien ses pots, il faisait de la qualité après tout. Et il espérait continuer et développer son activité, mais avec le déménagement, tout était remis en question.

Il secoua la tête. Il ne souhaitait pas y penser maintenant. Il se reconcentra sur ses ruches. S'il faisait beau et qu'il ne pleuvait pas trop, il aurait beaucoup de miel... Les abeilles ne manqueraient pas d'eau grâce au petit ruisseau qui traversait sa propriété. Mais il devrait vérifier que les chaleurs ne ramolliraient pas leur cire, cet été, cela pourrait gêner leurs déplacements

Il se retourna en entendant du mouvement et vit les deux hommes revenir de leur visite. Merde, songea-t-il, il avait voulu oublier ses problèmes et les voilà qui le rejoignaient. Il se leva de mauvaise grâce et patienta encore quelques secondes. Toutes les personnes qui découvraient son extérieur avaient la même réaction face à cette jungle de verdure indomptée. Un air horrifié et admiratif tout à la fois. Ce n'est pas qu'il ne prenait pas soin de son terrain, bien au contraire. Mais il n'était pas un aficionado des jardins à la française, où chaque centimètre carré avait été pensé et organisé. Il ne tondait pas sa pelouse et préférait laisser faire la nature. Il avait un potager où il faisait pousser ses légumes, et même là, il n'était pas adepte du taillage, binage, arrachage des mauvaises herbes et autres...

* * *

— Alors... euh... C'est un beau domaine, il n'y a aucun doute. La maison a beaucoup de potentiel. Le problème est qu'elle est très... euh... désuète et le terrain bien qu'immense semble à l'abandon, sans vouloir t'offenser.

Matt leva la main pour le tranquilliser, il avait entendu bien pire.

— Tu en demandes combien ? s'enquit-il.

— 700 000.

Ben eut le souffle coupé. Il n'imaginait pas qu'elle pouvait valoir autant.

— Le domaine, si je ne me trompe pas, comprend le ruisseau et les bois que nous voyons au loin, c'est bien cela ?

— Sérieux ? s'étonna le citadin.

— Oui, c'est cela, sourit Matt.

— Pourquoi tu m'as rien dit ? s'exclama son petit ami.

— Pour quoi faire ? Tu aurais vu ta tête la première fois que tu es venu, je voulais pas en rajouter une couche. Tu serais parti en courant !

— Le montant que tu en demandes, dit l'agent sentant que la conversation lui échappait, ne serait pas incohérent si l'ensemble était en parfait état… Mais là…

— Je ne baisserai pas, prévint le propriétaire.

— Je suggère, intervint Benjamin souhaitant apaiser la situation, de laisser le prix, mais de dire que nous sommes ouverts à la négociation. Et, ajouta-t-il rapidement en direction de son compagnon, tu réfléchiras à l'offre le moment venu, quitte à faire une contreproposition par la suite…

— Très bien, dit l'agent. J'ai pris des photos et je vais tout de suite entrer le mandat à l'agence. Un bien de ce type n'est pas évident à vendre, je ne vous le cache pas, dit-il aux deux hommes. En premier lieu, car c'est un budget conséquent, il n'y a pas tant de monde qui peut se le permettre sans compter que les acheteurs à ce prix-là sont très exigeants. Pour finir, ils ne seront pas forcément enthousiasmés par l'immense terrain et son entretien. La plupart des gens préfèrent une maison plus grande avec au moins deux salles de bain ou une suite parentale. Là, on a juste trois chambres, un séjour, une salle à manger et une cuisine vieillotte… Mais je suis tout de même confiant, se reprit-il rapidement, dans la région, il reste un bien d'exception. Puis-je savoir s'il a une histoire particulière ? Cela peut augmenter son prix en cas d'événement important.

— Rien d'extraordinaire. Mes grands-parents ont acheté la maison après la Seconde Guerre Mondiale, une bouchée de pain à un vieil agriculteur et ils ont fait construire cette longère. Mon grand-père était médecin… Je ne sais pas si tu le savais ? Il gagnait bien sa vie alors, il a acquis tous les terrains autour pour éviter qu'on y bâtisse des « horreurs » selon ses propres termes. Et j'en ai hérité, il y a trois ans au décès de ma grand-mère.

— Oui, c'est vrai, ton grand-père était très connu dans la région. Il a opéré ma mère lorsqu'elle était enfant, sourit l'agent. Elle chante encore ses louanges et la manière dont il lui a sauvé la vie. Tout le monde a regretté que votre père soit parti.

— Il a préféré Paris et ses lumières. Que veux-tu ? C'était un citadin dans l'âme.

— Et ta mère, comment va-t-elle ? On ne la voyait pas beaucoup à l'époque…

— Elle va bien, elle joue les grands-mères gâteuses avec mon frère, dit-il en se contentant d'en dire le minimum.

— Vraiment ? Antoine est devenu papa alors ? Je suis ravi pour lui. Je ne l'ai pas revu après qu'il a fini le collège. Pendant les vacances, on faisait le tour du village en vélo. Comment va-t-il ?

Mathieu sourit, par faire des tours dans le village, il voulait dire : aller fumer des joints derrière l'abribus.

— Il a terminé ses études, il y a maintenant cinq ans. Il s'est installé à côté de Paris en tant que généraliste, il est marié et a une petite fille de quelques mois.

— Eh bien, ton grand-père serait fier de lui ! Sur ce, je vous recontacte dès que j'ai du nouveau pour votre vous. Je te promets de faire mon possible pour en tirer un bon prix.

Matt accepta de la tête, lui serra la main et laissa Ben le raccompagner jusqu'à la sortie. Il n'ignorait pas que la maison avait besoin d'être rafraîchie, il économisait pour cela sur son salaire. Il avait dépensé tout l'argent qu'il avait hérité de son père pour acheter la part du domaine que possédait son frère. Et il savait qu'Antoine la lui avait cédée à un prix dérisoire. Il avait même craint que les impôts ne s'en mêlent en jugeant la vente trop basse.

* * *

Il sentit des bras l'entourer à la taille et se retourna pour profiter de l'étreinte.

— Ça va ? lui demanda-t-il.

Il hocha de la tête en signe d'acquiescement, mais préféra ne rien dire. Il n'était pas sûr d'être capable de garder son calme autrement. La tristesse menaçait de le submerger d'un instant à l'autre. Il repensait à ses grands-parents et à l'enfance qu'il avait passée ici. Ses parents n'avaient pas de temps à lui accorder, alors ils avaient tous songé qu'il serait plus heureux à la campagne avec papi et mamie. Et ils n'avaient pas eu tort.

Guenièvre qui avait été posée sur le sol précédemment et se sentait déjà assez insultée comme cela décida d'aller se promener dans les bois et d'y dormir cette nuit. Et si son idiot d'humain passait son temps à s'inquiéter pour elle, ce ne serait qu'un juste retour des choses. Elle en avait assez de s'occuper de lui.

* * *

Perchée sur un arbre, au-delà du territoire de Lul, Guenièvre observait le soleil se coucher. Les températures avaient déjà bien chuté, et cela allait empirer. Bien, songea-t-elle, son humain avait dû retenir sa leçon, il était temps qu'elle rentre.

Elle avança ses pattes le long du tronc, le plus possible, utilisant ses griffes pour se cramponner. Une fois qu'elle se sentit à son maximum, elle relâcha ses pattes arrières, donna une impulsion à celle de devant et elle se retrouva au sol en une seconde. Elle secoua sa tête vigoureusement pour se remettre les idées en place et trotta vers la maison.

Elle franchit la chatière moins d'une heure plus tard et la pièce était froide, mais la lampe brillait toujours. Aussitôt, Mathieu fut là.

— Eh beh, c'est à cette heure que tu rentres ? J'ai failli m'inquiéter pour toi. Tu dois être gelée en plus. Allez, viens, dit-il en se baissant pour la prendre.

« Moi, je m'inquiète sans cesse pour toi et tu ne m'entends pas me plaindre. Comment on va faire pour survivre dans un appartement ? On a besoin d'espace tous les deux. Et Lancelot aussi… Probablement. »
Guenièvre frottait sa tête contre celle de son humain en se laissant

déplacer vers la cheminée. Elle avait eu froid sur la fin du trajet et cela lui faisait du bien. Sans compter qu'elle adorait qu'on s'occupe d'elle.

— Me voilà ! cria Ben en entrant. On a fait une bonne promenade, dit-il en détachant Lancelot qui se précipita aussitôt sur Matt.

« Je suis rentré, maître ! Gwen ! Tu es enfin là ? J'étais prêt à aller te chercher, tu sais. »

« Pas besoin, arrête de t'inquiéter pour rien. »

— Seigneur, j'ai l'impression que le froid s'est infiltré dans mes os, et que je ne parviens pas à m'en débarrasser ! dit Benjamin en tendant ses mains vers le foyer. Comment tu fais pour ne pas mourir gelé ?

— J'ai toujours vécu ainsi. Mais c'est vrai que je veux isoler depuis un moment, j'ai même acheté de la laine de roche pour le grenier qui traîne dans le garage, mais je n'arrive pas à trouver le temps.

« Évidemment, dit Guenièvre qui s'enroulait sur son fauteuil, tu es toujours fourré avec Ben ou au travail. »

Elle commençait à fermer les yeux, elle était épuisée, lorsque Lancelot sauta à ses côtés. Elle n'eut pas le courage de le rabrouer. Elle verrait cela demain et puis il lui servirait de couverture pour cette nuit.

* * *

« C'est pourquoi, après avoir consulté, écouté les experts, le terrain et en conscience, j'ai décidé de renforcer encore les mesures pour réduire nos déplacements et nos contacts au strict nécessaire. Dès demain midi et pour quinze jours au moins, nos déplacements seront très fortement réduits. »

Ben se passa la main sur la nuque. Il n'y avait rien d'étonnant, au vu des chiffres de la pandémie, tout le monde savait que cela allait arriver. Au bureau, des dispositions avaient déjà été prises pour faciliter le télétravail. Ils avaient vu avec le service informatique pour installer les logiciels nécessaires et l'on avait eu dû des écouteurs pour les coups de fil et les réunions en ligne. Il avait son ordinateur portable, et cela lui suffirait largement pour entrer des données et gérer les dossiers des assurés santé de sa boîte.

Ce qui l'emmerdait le plus, c'est qu'il ne pourrait plus voir Mathieu. Déjà qu'il passait peu de temps ensemble, mais là, il ne pourrait même pas lui rendre visite le week-end. Il n'allait tout de même pas se contenter de l'appeler en vidéo. Et il ne croyait pas une seconde que le confinement n'allait durer que quinze jours. Il se sentait mal d'être à cent lieues de lui. Voilà pourquoi il était si pressé d'emménager avec Matt. Il ne voulait plus vivre sans lui, loin de lui.

Son téléphone sonna et il se précipita pour décrocher.

— Je pensais à toi justement, sourit-il.

— Euh… Tu as regardé l'allocution présidentielle ?

— Ouais, on est confiné à partir de demain.

— Tu ne vas pas trop t'ennuyer dans ton petit appart ?

— Si, surtout que tout est fermé. Mais le pire, c'est qu'on pourra pas se voir.

— D'ailleurs… Ça te tente de me rejoindre ? Viens t'installer ici le temps que tout cela se calme.

« Excuse-moi ? » s'exclama Guenièvre qui s'asseyait sur le sofa.

Elle somnolait à côté de Mathieu avant qu'il ne se lève pour appeler l'autre et ses paroles l'avaient réveillée.

« Qu'est-ce qu'il se passe ? » demanda Lancelot en prenant la place de son maître sur le siège encore chaud.

« On va se retrouver piégé avec l'intrus », l'informa-t-elle en hésitant ; devait-elle se coller au chien pour bénéficier de sa chaleur ou l'éjecter du fauteuil pour asseoir sa domination ?

« Trop bien, Ben vient ! ».

Heureux, il remua la queue de droite à gauche. Guenièvre leva sa patte pour le taper pour qu'il descende.

« Ça veut dire qu'on ne s'en va plus ? » demanda-t-il en lui montrant son ventre en signe de bonne volonté, mais la queue toujours en mouvement.

La chatte reposa sa patte et se colla à son ami. Elle s'allongea en boule, et posa sa tête sur son flanc.

« C'est une bonne question, mais ne te fais pas de faux espoirs. Dans tous les cas, j'aurai certainement l'occasion de me débarrasser de lui comme ça. »

« Gwen, il ne serait pas plus facile de lui faire aimer cet endroit ? Il serait alors content de vivre ici pour toujours avec nous. »

« Ne sois pas ridicule, Lance. Tu as des idées trop bizarres. »

« Pourquoi ? Je trouve que ce serait plus simple. »

« Parce que nous ne voulons pas d'un intrus dans la maison et Ben est un intrus. Il nous vole Mathieu. »

« Ah bon. Pourtant le maître à l'air plus heureux, depuis qu'il s'est déniché un compagnon, non ? »

Gwen tiqua de la moustache. Elle ne pouvait nier à moins de mentir éhontément. Elle sentait le bonheur de son humain se répandre dans toutes les pièces chaque fois que l'intrus allait venir. C'est même à cela qu'elle reconnaissait sa venue désormais. Mais elle savait aussi que son départ emplirait la maison de tristesse.

« Il pourrait être heureux avec un autre que ce crétin égoïste. Mieux, il pourrait se contenter de moi, voire toi, si je ne suis pas disponible. »

Lancelot posa sa tête sur le canapé et regarda son maître faire des allers-retours dans le salon. Il ne comprenait pas le problème qu'avait Gwen avec Ben. Certes, quand il était là, Mathieu s'occupait moins d'eux, mais Ben s'occupait beaucoup d'eux en échange. Il trouvait qu'ils étaient gagnants. Il grattait très bien derrière les oreilles et avait toujours une friandise pour lui. Et puis, il était important d'avoir un clan, un groupe pour se défendre les uns les autres. Gwen ne semblait pas le comprendre, elle croit qu'elle peut protéger tout le monde. Elle est forte, c'est vrai, mais pas à ce point.

— Super ! Tu me rejoins demain ?... Ce soir ? Trop bien, je t'attends pour me coucher alors... Oui, oui, je sais tu vas mettre du temps, je me doute.

* * *

Matt reposa son téléphone. Il posa ses yeux sur les vêtements qui traînaient sur le sofa, il se remémora les assiettes sales dans l'évier qu'il n'avait pas lavé depuis plusieurs jours et il n'avait pas non plus changé la litière aujourd'hui. Il devait reconnaître que c'était le chantier. Il rentrait fatigué de son boulot et il ne s'occupait pas vraiment de ranger le soir. Sauf qu'il n'avait pas travaillé cette semaine, il n'avait donc aucune excuse, songea-t-il en commençant à ramasser ses affaires, il n'y avait plus qu'à s'y mettre.

* * *

Guenièvre le regarda d'un œil et son oreille tourna dans un sens puis dans l'autre. Qu'est-ce que les humains pouvaient être bruyants comme créature ! Elle s'étira avant de se lever et de sauter au sol. Elle trottina jusqu'à la porte de la cuisine, et se faufila par la chatière. Le soleil était couché, mais elle y voyait comme en plein jour. Il était l'heure d'explorer son terrain et vérifier que tout était en ordre. L'herbe était humide et froide. Son pelage protégeait sa peau de l'eau. Elle allait se dépêcher avant de rentrer. Ensuite, elle serait obligée de supporter l'intrus. Mais cela valait mieux que d'être trempée. Elle repensa à la chaleur près de la cheminée et accéléra l'allure. Elle s'arrêta à la frontière de son territoire juste à côté de la prairie de Lul. Elle regarda tout autour d'elle. Les fleurs étaient fermées pour la nuit, son amie devait dormir comme toujours lorsque l'obscurité prenait le dessus.

* * *

Mathieu soupira et déposa le linge qu'il tenait dans le panier de la salle de bains. Il se hâta ensuite vers la cuisine où Lancelot aboyait à la mort devant la porte. Il savait pertinemment qu'il n'avait pas envie de faire ses besoins, son ton était différent dans ce cas-là. Ce type de hurlement signifiait que Guenièvre était sortie et qu'il voulait l'accompagner. Il lui ouvrit donc le passage et le chien fonça sans même le regarder.

Parfois, il se demandait qui était son maître, lui ou son chat. Enfin, ils ne risquaient rien ici. Ils veillaient l'un sur l'autre. Et d'ici peu, ils seraient de retour, il connaissait sa petite guerrière et elle n'aimait pas traîner lorsqu'il bruinait ainsi. Sauf si elle trouvait un abri pour la nuit, mais cela ne lui était plus arrivé depuis que Lancelot était là.

« *Gwen !!! Tu es encore sortie sans moi !* » chouina-t-il en la rattrapant près des ruches.

« *Tu n'as pas besoin de venir* », miaula-t-elle. « *Je vérifie juste que tout est en ordre.* »

« *Moi aussi, je veux vérifier que tout va bien* », lança-t-il avant de humer l'air ambiant, puis de poser son nez au sol.

Le félin le regarda faire quelques secondes, puis continua à avancer sans s'inquiéter qu'il la suive ou non. Elle stoppa devant la chatière, entrouvrit sa bouche et aspira l'atmosphère. Tout allait bien. Rassurée, elle ronronna en passant sa tête dans la fente qui lui était réservée à elle seule.

À l'intérieur, elle emprunta la piste laissée par Mathieu, il avait traversé toute la maison s'arrêtant à divers endroits, bougeant des objets et de la poussière. Elle détestait cela. Pourquoi ces humains voulaient-ils toujours tout modifier ? Les choses devaient rester telles qu'elles sont.

Elle s'approcha de lui dans la cuisine, l'odeur qu'elle posait sur ses jambes commençait à se disperser. Il était temps qu'elle affirme à nouveau sa propriété, songea-t-elle en se frottant à lui. Voilà, ainsi tout le monde saurait qu'il lui appartient. Sauf ce crétin d'intrus. Il n'arrivait pas à comprendre, c'était souvent le cas chez les humains, mais celui-là c'était quelque chose.

Lancelot aboya dehors et Matt finit de passer un coup d'éponge sur la table où les restes de son petit déjeuner marquaient encore la nappe florale. Il franchit la porte battante qui le séparait de la cuisine et jeta l'éponge dans l'évier d'un geste avant d'aller le faire entrer.

Celui-ci s'avança en courant et alla se placer sur son coussin près du feu. Mathieu le suivit, ouvrit l'insert et y remua les braises et déposa quelques bûches. Le temps qu'elles brûlent Ben serait arrivé et la maison se serait réchauffée un peu... Enfin, au moins le salon et la chambre juste au-dessus. Il était citadin et toujours frileux. Depuis le temps qu'il souhaitait changer les fenêtres en triple vitrage. Il n'en aurait plus l'occasion désormais, songea-t-il avec un pincement au cœur. Il avait repoussé tous les travaux qu'il voulait faire pour une raison ou pour une autre. Résultat, rien n'avait été fait. Il serra fermement les paupières et se releva pour se remettre au boulot. Il voulait nettoyer la salle de bains. Ensuite, il pourrait faire un petit encas pour Ben. C'était devenu une habitude lorsqu'il venait le rejoindre le vendredi soir.

❋ ❋ ❋

Son téléphone sonna et il fut inquiet un instant que ce ne soit Ben qui ait eu un problème. Il fut rassuré lorsqu'il remarqua qu'il s'agissait de sa mère.
— Mon chéri ! Comment vas-tu ?
— Bien, maman. Et toi ?
— Je ne sors plus depuis des jours. Et ton frère m'interdit de venir lui rendre visite. Tu sais que je n'ai toujours pas rencontré ma petite fille ? Tu te rends compte ? Quel ingrat !
— Oui, moi non plus je n'ai pas pu la...
— Cela n'a rien à voir ! l'interrompit-elle sans lui laisser le temps de finir sa phrase. Tu n'es jamais que son oncle et puis tu t'en fiches toi, des enfants ! Tu es gay ! Ton frère est ridicule. Les bébés sont plus protégés à ce qu'il paraît. Et la pauvre Steph, elle a repris le travail depuis à peine un mois, et regarde avec quoi elle se retrouve à l'hôpital ! Je lui avais bien dit de prolonger son congé maternité, mais elle ne m'a pas écoutée. Ce n'est pas comme s'ils n'avaient pas les moyens en plus. Elle ferait mieux de suivre mes conseils si elle ne veut pas finir mère célibataire...
Le soulagement de Mathieu, celui qui l'avait envahi lorsqu'il avait compris que ce n'était pas Benjamin qui annulait, se dissipa

rapidement, emporté par le mal de tête qu'engendrait toute discussion avec sa vieille.

— Oui, c'est vrai que pendant les dix années qu'a duré ton mariage avec papa, tu t'es très bien débrouillée.

Matt savait que c'était un coup d'épée dans l'eau, ce type de remarque passait à travers elle sans qu'elle ne saisisse le sarcasme. Il fallait pouvoir se remettre un minimum en cause pour cela, et elle n'en était pas capable.

— Exactement ! Et crois-moi, ce n'était pas tous les jours faciles avec lui. Soutenir un chirurgien est autrement plus difficile qu'un généraliste. Mais ta belle-sœur préfère s'occuper de ses patients plutôt que de sa famille.

— Du coup, l'interrompit-il immédiatement ne désirant pas entendre la rengaine habituelle sur son paternel, qu'est-ce que tu vas faire ?

— Mourir ! Que veux-tu que je fasse d'autre ? Me traiter ainsi, moi ! La grand-mère de cette pauvre petite chérie... Ce n'est pas rien ! Pourquoi ces ingrats me traitent-ils de la sorte ? geignit-elle.

— Ce ne doit pas être évident pour ses parents, j'imagine, ajouta-t-il sans avoir pris un moment pour réfléchir à la réaction que cela allait entraîner chez elle.

— Qu'est-ce que tu me racontes, mon grand ? Ils ont beaucoup de chance de m'avoir. Pour commencer s'ils me la laissaient, ils pourraient passer des nuits complètes sans être réveillés. Et ils n'auront pas à s'inquiéter avec leur nounou. Figure toi, qu'elle refuse de garder la petite ! Sous prétexte que son mari a un cancer. Déjà qu'elle n'a pas un vrai boulot, elle pourrait faire un effort. Non, mais franchement, si tu ne veux pas travailler, mets-toi au chômage comme tout le monde !

Mathieu leva les yeux au ciel. Est-ce qu'il avait une chance de raccourcir la communication ou devrait-il la subir pendant des heures ?

— C'est bien ce que tu as fait, toi ? l'entendit-il ajouter.

— Oui, puisque l'hôtel est fermé. Je n'ai pas vraiment eu le choix.

— C'est très bien. Qu'est-ce que tu fais à bricoler à droite à gauche dans ce boui-boui miteux ?

— C'est un cinq étoiles, maman. Et je suis responsable de toute l'équipe de maintenance.

Il commençait vraiment à bouillir. Il ne comprenait pas comment son frère pouvait faire pour la supporter quotidiennement.

— Tu aurais pu trouver bien mieux si tu te décidais à quitter ce trou minable.

— Maman, dit-il sèchement.

— C'est entièrement de ma faute, je le sais bien. Je n'aurais jamais dû permettre à ton père de t'envoyer chez cette sorcière pendant les vacances scolaires.

— Je te laisse, maman. J'ai encore beaucoup de choses à faire et il se fait tard.

Il raccrocha sans rien ajouter de plus. Ce type de mensonge pouvait peut-être passer avec Antoine, mais lui, était assez grand pour se souvenir du mariage de ses parents. Elle se plaisait dans son rôle de femme de médecin et mère au foyer parfaite, mais elle était tout de même contente de pouvoir se débarrasser d'eux dès que possible.

Il devait arrêter de lui répondre tout simplement. Sa santé mentale lui dirait merci.

Il soupira et décida d'envoyer un message à son frère.

SALUT FRANGIN ! JE VIENS D'AVOIR UN APPEL
DE MAMAN. PAS TROP DUR POUR VOUS DEUX ?
BISOUS À STEPH ET PROTÉGEZ-VOUS BIEN. J'AI CRU
COMPRENDRE QUE TU N'AVAIS PLUS DE NOUNOU ?
TU VAS FAIRE COMMENT ? ESSAIE DE ME DONNER
DES NOUVELLES DE TEMPS EN TEMPS.

Il jeta un coup d'œil à l'heure, il était presque 23 h, ils devaient déjà être couchés, s'il se souvenait bien, Emma dormait à cette heure-là jusqu'à son biberon de 3 h. Il réfléchit une seconde, avant de lui envoyer un second message.

JE TRAVAILLE PAS ACTUELLEMENT ET VU
LES CIRCONSTANCES, ÇA RISQUE DE DURER.
SI TU AS BESOIN, JE SUIS LÀ.

* * *

Il alla ouvrir la porte, embrassa Ben en empêchant Lancelot de le bousculer. Il était heureux de le voir.

— Oh…, dit-il alors, on aurait peut-être pas dû faire ça… Distanciation sociale, tout ça.

— Si tu crois, répondit le citadin en s'agenouillant pour caresser l'animal, que je suis venu ici pour qu'on se tienne à dix mètres de distance l'un de l'autre… Tu m'aides à décharger la voiture ? J'ai vidé mon frigo et j'ai pris plus de vêtements que d'habitude.

— Bien sûr ! Je vais en profiter pour fermer le portail.

« Ben ! Ben ! Ben ! C'est super que tu sois là ! Je suis trop content ! »
Lancelot tournait autour des deux hommes jusqu'à ce qu'ils sortent, leurs pieds crissant sur les graviers.

« Tiens, ça sent les oiseaux », songea-t-il en reniflant, *« c'est encore ce corbeau »*, grogna-t-il. *« Je finirai bien par l'attraper celui-là ».*

— Lancelot ! cria Matt. Rentrons vite, il fait nuit noire et je suis pas habillé pour aller prom…, pour être dehors, se reprit-il rapidement avant de prononcer le mot en P que tous les chiens connaissent.

— En plus, la maison va refroidir si la porte reste ouverte comme ça.

« Mais Maître ! Le corbeau !!!! »

— Lancelot, au pied !

L'animal couru vers eux et ils refermèrent ensuite à double tour. Lui continua à avancer jusqu'à la cheminée.

« Gwen, le corbeau est encore revenu. »

« Oh, mince alors », dit-elle avant de lui tourner le dos pour se rendormir.

« Gwen, il est important que je protège notre territoire ! »

« Alors, débarrasse-toi de Ben. Le corbeau n'est pas dangereux, oublie-le »

« *Non, Gwen, c'est un méchant, je le sais. Il menace notre sécurité.* »
La chatte posa sa patte sur ses paupières et essaya de l'ignorer. Elle fut grandement aidée par son ennemi juré qui s'installa à table à ce moment précis, accompagné de Mathieu. Lancelot, avec un réflexe presque pavlovien, partit s'asseoir à côté de la chaise de Ben, et utilisa son arme ultime, dit des « yeux malheureux ».

✳ ✳ ✳

Le nouvel arrivant croisa son regard et succomba immédiatement en lui donnant un morceau de saucisson aussi discrètement que possible. Matt surveillait l'alimentation de son chien de très près.
— Comment ça se passe à ton boulot ? demanda son hôte en lui versant un café.
— Bien merci. J'ai de la chance d'être dans un bon service et mon chef d'équipe avait prévu le coup. Ce qui fait qu'on est prêt. T'as quand même le crétin de responsable des commerciaux qui proposaient hier encore de faire des heures sup. Et toi, tu ne t'ennuies pas trop au chômage ?
— Non, je suis plutôt tranquille. J'ai récupéré mes heures de sommeil en retard. J'ignore combien de temps cela durera, mais avec ce qu'il se passe, je ne pense pas que l'hôtel va rouvrir tout de suite.
Benjamin étouffa un bâillement.
— Désolé, dit-il, je suis HS. Je vais prendre une douche et dormir direct, si tu veux bien.
— Bien sûr, j'ai ouvert en grand la porte de la salle de bains pour qu'elle soit chaude.
— Merci, mais je vais tout de même allumer le sèche-serviette.
Mathieu sourit et commença à débarrasser la table. Il laissa la vaisselle dans l'évier. Il s'en occuperait demain. Il alla ensuite jeter un coup d'œil dans le salon, vérifier que tout allait bien, avant de monter se coucher à son tour.

✳ ✳ ✳

Le lendemain, Ben posait son ordinateur sur la table de la cuisine. Il y avait bien une chambre vide à l'étage, mais il y faisait trop froid pour lui. Il aurait bien aimé s'installer dans le salon, mais il ne voulait pas gêner Matt, il était chez lui après tout. Il alluma son appareil, enfila son casque et patienta pour se connecter.

— Hey, vint le voir son compagnon. J'ai remis des bûches dans le feu, tu peux te poser sur le fauteuil ou sur la table basse.

— Mais… Et toi ?

— Je vais dehors. Je dois aller m'occuper encore du potager avant de planter.

— Il est 8 h du matin !

— Euh… Oui.

— Tu vas mourir geler.

— Oh non, je vais dans la serre, faire le tour de mes pots, regarder la terre qu'il me reste, semer les quelques graines du mois de mars.

— OK. Alors, t'es sûr que ça te gêne pas que je squatte ton salon pour bosser ?

— Pas du tout. Ce sera plus pratique, la box est là-bas, tu pourras te connecter en filaire dessus. Tu devras juste surveiller le feu, et probablement laisser lâcher Gwen quand elle le voudra.

— Quand elle le voudra ?

— Oui.

— Elle décide quand elle sort ?

— Oui. Tu ne pourras pas te tromper, elle miaulera devant la porte pour traverser la salle à manger et rejoindre la cuisine, pour finalement partir par la chatière.

— Et si je garde la porte du salon ouvert ?

— Si tu le souhaites, mais tu vas sentir les courants d'air. Surtout, que là ça crée un couloir dans toute la longueur de la maison.

— OK, je la ferai sortir.

— Super, alors bosse bien, dit Mathieu en posant un baiser sur les lèvres de Ben. Je prends Lancelot avec moi. Tu viens, mon gros ?

« *Promener ?* »

Après son départ, il s'installa dans le salon et posa son ordinateur sur la table de chevet. Elle pouvait se lever pile à la bonne taille.

Il commença par regarder sa boîte mail, évidemment, elle était remplie. Maintenant que plus personne n'était en présentiel, tout le monde passait par cette voie pour communiquer. Il reçut un appel presque aussitôt, son chef invitait toute l'équipe pour une réunion.

Au bout de deux heures, Benjamin dut se rendre à l'évidence. Il devait prendre une pause et faire sortir Guenièvre. Elle miaulait depuis dix bonnes minutes et elle ne semblait pas vouloir s'arrêter. Et puis, il pourrait se faire un petit café et aller en faire un à Matt en même temps.

* * *

Mathieu sentit son vibreur dans sa poche et s'en saisit. C'était certainement Antoine.

> HEY ! MERCI À TOI. ICI, C'EST LA FOLIE ENTRE LES NUITS COURTES, LA PANDÉMIE, LE MANQUE DE MASQUE ET LA STUPIDITÉ DES GENS QUI SE CROIENT SPÉCIALISTES APRÈS AVOIR VISIONNÉ UNE VIDÉO SUR INTERNET ET LES HYPOCONDRIAQUES QUI PENSENT MOURIR ALORS QU'ILS ONT JUSTE UNE IMAGINATION UN PEU TROP FERTILE. BREF. EN TOUT CAS, C'EST GENTIL DE TE PROPOSER. SI TU N'HABITAIS PAS SI LOIN, J'AURAIS ACCEPTÉ AVEC PLAISIR TON AIDE. MAIS EN CAS D'URGENCE, JE PRÉFÈRE GARDER EMMA PRÈS DE NOUS. SANS COMPTER QUE STEPH CULPABILISE ÉNORMÉMENT DE REPRENDRE LE BOULOT ET TU TE DOUTES QUE LES REMARQUES DE LA VIEILLE NE FACILITENT PAS LES CHOSES. EFFECTIVEMENT, NOTRE NOUNOU NOUS LÂCHE, MAIS C'EST NORMAL AVEC SON MARI MALADE. DU COUP, C'EST LA BELLE-SŒUR QUI VA S'OCCUPER D'EMMA, ELLE EST AU CHÔMAGE AUSSI POUR L'INSTANT.

* * *

Ben prit une dosette dans un tiroir et mit la machine en route. Il enfila ensuite son blouson, sa paire de baskets et partit en direction de la serre.

— Hey ! dit-il en entrant dans la petite pièce en verre. Je t'apporte un café.

— Waaaa, sourit Mathieu, tu es le meilleur.

— Tu t'en sors ?

— Oui, Lancelot m'aide beaucoup, dit-il en montrant le chien endormi dans un panier sous la table.

— Je vois ça.

— Et toi ? Pas trop galère le télétravail ?

— Non, je suis étonné par la qualité de ta connexion. Elle est bien supérieure à la mienne. Dans mon immeuble, le réseau internet est tellement merdique que ça rame sans cesse.

— Beh, j'ai la fibre. Le maire m'avait expliqué qu'on était en zone blanche et le village a été prioritaire dans sa mise en place. J'ai accepté quand on me l'a proposé, pour les appels vidéo, c'est mieux.

— Ouais, moi, mon connard de proprio veut pas me l'installer ! C'est une des raisons pour laquelle j'ai plus envie d'être locataire. Tu peux rien modifier chez toi... Sinon, tu vas bosser ici toute la matinée ?

— Non, j'ai fini mes semis.

— Tu vas faire quoi du coup ?

— J'en sais rien. D'habitude, j'ai que mes week-ends de libres et peu de temps la semaine. Et là, ça fait cinq jours que je suis à la maison, j'ai presque fait toutes mes tâches du mois.

— Beh, si tu veux, j'ai une tonne de dossiers qui doivent être vérifiés pour être certain que les paiements qu'on fait ne sont pas trop importants. Oui, parce que ça peut pas être réalisé en automatique, parce que ça concerne uniquement l'optique. Selon la correction, les remboursements ne sont pas les mêmes, tu vois. Surtout, si les assurés ont déjà utilisé leur forfait. Ou, s'ils changent de mouture ou pas. Et ces abrutis de commerciaux ont vendu un forfait différent en fonction de la correction proposée, qui n'est bien sûr pas la même pour chaque œil. Et à cela, tu ajoutes les autres problèmes en plus, parce que sinon, c'est pas rigolo ! Comme les astigmates. Du coup, au lieu d'avoir un truc simple où l'on te rembourse de X pour tes lunettes, on a plus qu'à faire des calculs à la con qui prennent des heures et qui sont sujets aux erreurs.

— Je crois que je vais passer mon tour. Et me trouver une occupation dans la maison.

— T'as bien raison. C'est de la merde. Et il est l'heure que j'y retourne.

* * *

Avant de s'asseoir, Ben remit quelques bûches dans le foyer. Il avait presque l'impression qu'il faisait moins froid à l'extérieur. Il y avait comme une humidité constante dans la maison, qui l'empêchait de vraiment se réchauffer, à moins qu'il ne soit près de la cheminée. Le reste de la demeure n'était pour lui qu'un frigo géant.

Il avait hâte de pouvoir s'installer avec Matt dans un appartement en ville moderne et correctement chauffé. Malheureusement, celui qu'il avait repéré avait déjà été vendu. Il était déçu, mais il comptait bien trouver un « chez eux » qui leur conviendrait. Il voulait vivre avec l'homme qu'il aimait, peu importait le temps que cela prendrait.

Il s'assit face à son ordinateur et revint à ses dossiers en cours. À peine, avait-il posé son casque sur ses oreilles, qu'il entendit un miaulement devant la porte du salon.

— Est-ce que tu te foutrais pas de ma gueule par hasard, démon de l'enfer ? Pourquoi tu m'as suivi à l'intérieur si c'est pour ressortir aussitôt ?

« *Oh, tu n'es pas totalement stupide alors. Bien maintenant, ouvre-moi la porte.* »

— Je t'ouvre, mais je te préviens, dit-il en se levant. Tu restes dehors après cela.

« *Tu crois pouvoir m'empêcher d'aller où je veux, chez moi ? Qui penses-tu être, humain ?* »

La porte grande ouverte, Guenièvre décida de prendre tout son temps pour montrer sa dominance. Elle longea le mur, se frotta à lui, tout en prenant garde de bien demeurer dans l'encadrement de la porte pour qu'il ne puisse pas la refermer. Elle ronronnait de joie. Elle était maléfique, se dit-elle, maligne, magnifique et majestueuse. Oui, Guenièvre ne croyait pas en la modestie. Comme tous les chats, elle estimait qu'elle était le parfait exemple de son espèce et qu'il n'existait aucun autre félin qui pouvait la battre dans quelques domaines que ce soit ni aucun humain d'ailleurs. Et surtout pas ce grand nigaud.

— Tu vas te décider, bon sang ?!!! s'emporta Benjamin. Je suis pas portier, et je dois retourner travailler.

Gwen se frotta encore plus, la queue bien haute et en forme de crochet, et ses pieds surélevés de bonheur.

— Qu'est-ce qu'il se passe ? demanda Mathieu en sortant la tête de la cuisine. Je t'entends crier ?

— Ton chat prend plaisir à m'emmerder !

— Qu'est-ce que tu racontes ?

— Regarde ! Elle m'empêche de fermer la porte pour pas que je retourne bosser.

Matt ne put se retenir de rire.

— Tu en es encore là ? Viens là, ma grosse ! dit-il en s'agenouillant.

« *D'accord*, répondit-elle, *mais c'est parce que je l'ai décidé, pas parce que tu me le demandes.* »

— Oh, oui, ça, c'est une belle fille, dit-il en la prenant et en gratouillant ses oreilles.

« *Évidemment que je suis une belle fille.* »

« *Toi aussi t'es un bon chat, Gwen ? C'est super !* » s'enthousiasma Lancelot en prenant appui sur les genoux de Mathieu pour attirer son attention.

« *Ne dis pas de bêtises !* » s'exclama-t-elle avant de sauter à terre, vexée d'avoir été surprise à apprécier des compliments. Elle était un félin fort et indépendant qui n'avait besoin de personne. « *Je sors me détendre les pattes.* »

« *Je viens ! Je viens ! Je viens !* », dit-il en la suivant.

« *Non, tu restes dans le salon avec Ben et tu l'empêches de bosser !* » ordonna-t-elle en pivotant la tête vers lui.

« *Mais comment je fais ça ? Bosser, c'est comme quand le maître part ?* »

« Ce sera facile, demande-lui des gratouilles pour lui occuper les mains. Tu devrais y arriver, non ? »

« C'est super ! » s'exclama-t-il en faisant le tour de lui-même. *« Je vais remplir ma mission à bien ! Promis, Gwen »*

Sur ce, le félin sortit par la petite ouverture de la cuisine, alors que le chien revint auprès de Ben et s'assit à ses côtés.

« Gratouille, gratouille, gratouille ».

— T'as pas l'impression qu'ils se parlent des fois ? demanda leur invité.

— Non, c'est des animaux, il ne faut pas exagérer leur intelligence. Je vais essayer de faire du pain ! lança Mathieu.

— Euh, OK, commenta-t-il surpris. Amuse-toi bien. Je retourne à mon ordi.

Aussitôt assis sur le fauteuil, il se retrouva dans les deux secondes qui suivirent, avec une tête chaude installée sur ses genoux et des yeux malheureux qui le fixaient. Benjamin sourit et caressa doucement le dessus de son crâne. Une minute après, un petit ronflement se fit entendre et il se concentra sur les dossiers qui n'avaient que peu diminué. Il allait se faire taper sur les doigts s'il ne mettait pas le turbo.

❊ ❊ ❊

Le temps n'était pas au beau fixe, mais Gwen s'en fichait. Elle traversa la terrasse d'un pas rapide. Elle voulait faire un petit tour avant de sélectionner un de ses coins pour dormir un peu. Elle repéra une abeille qui lui volait autour. En soi, ce n'était pas extraordinaire, il y en avait beaucoup dans les parages. Pourtant, celle-ci se posa à quelques feuilles d'elle.

— Ouvrière 11 643. Lullaquim aimerait avoir l'honneur de ta visite.

Guenièvre cligna des yeux. Elle devrait être flattée d'être ainsi invitée, mais elle connaissait suffisamment Lul, pour deviner la raillerie qui perçait même si ce n'était pas sa voix qu'elle entendait. Elle eut une envie folle de refuser et de retourner dans le salon pour aller s'installer sur la tête de Ben. Mais cela l'obligerait à s'approcher de lui de trop près.

Elle se dirigea vers son amie malgré tout et l'insecte s'envola. Elle était bien trop moqueuse, et elle était la seule qui lui parlait de cette manière. Elle était la seule de qui elle l'acceptait, d'ailleurs.

Elle apercevait déjà Lul au milieu des fleurs. Voilà qui était rare. Elle se dissimulait toujours dans son territoire et elle était presque impossible à voir ni à sentir. Elle n'apparaissait que lorsqu'elle le souhaitait.

— Tu dois avoir quelque chose de crucial à me dire, dit Gwen en s'asseyant face à elle. Tu ne serais pas aussi imprudente, sinon. Y a-t-il un problème ?

— Tu m'as caché qu'il y avait un nouvel habitant dans la maison. Pourquoi ne m'en as-tu pas informé ?

— Oh, lui. Il n'est là que depuis hier. Ce n'était pas très important.

— Crois-tu que Mathieu va finalement rester ?

Gwen s'allongea sur le sol, elle prenait le temps pour réfléchir à la manière dont elle allait choisir ses mots. Lul était bien trop sensible.

— Non.

— Que se passe-t-il, Gwen ? Que me caches-tu ?

— J'ignore exactement le pourquoi du comment. Mais apparemment, nous sommes bloqués avec lui pendant quelque temps et la vente de la maison n'est plus d'actualité.

— Mais c'est merveilleux !

— Ce n'est que temporaire, j'en ai peur.

— Dans le pire des cas, cela me laisse profiter d'une nouvelle saison, et dans le meilleur, Mathieu fera marche arrière.

— Tu es trop optimiste, voilà pourquoi je ne voulais pas t'en parler.

— Oh, je croyais que c'était parce que ce n'était pas important…

Mince, songea Gwen. À force de fréquenter Lancelot, elle devenait négligente.

— Cela ne l'est pas, puisque cela ne change rien.

— Faux, cela nous offre du temps.

— Oui, du temps pour se débarrasser de lui, miaula-t-elle alors que ses griffes sortaient sans qu'elle y prenne garde.

— Peux-tu me rendre un service ?

— Qu'y a-t-il ?

Lul demandait rarement quoi que ce soit. Cela devait être important.

— Peux-tu aller jusqu'au ruisseau ?

— Oui, je peux, répliqua-t-elle prenant un malin plaisir à répondre à côté.

La fée se retint de lever les yeux au ciel.

— J'aimerais que tu y ailles et que tu me dises ce que tu y vois. S'il y a quelque chose d'étrange selon toi.

— Les abeilles ne seraient pas plus rapides ?

— Elles m'ont déjà fait leur rapport. Mais, ajouta-t-elle aussitôt la devinant vexée, je souhaiterais avoir ton avis, car je sais que tu es meilleure.

— Soit, dit-elle en se levant pour s'enfoncer plus profondément dans le domaine.

— Et prends Lancelot avec toi.

— Quoi ? Pourquoi ? Je suis meilleure que lui, non ? Même mon nez est supérieur à ceux des chiens et pourtant c'est leur point fort.

— Différent serait un terme plus adéquat, mon amie. Et je pense qu'il te sera utile.

— J'en doute, mais d'accord. Je ferai comme tu me l'as demandé.

— Merci.

— J'espère que c'est important.

— Je l'ignore encore.

Guenièvre fit demi-tour et revint rapidement à la maison, où une odeur chaude sortait de la cuisine pour se disperser dans l'air extérieur. Elle avait déjà senti quelque chose de semblable en se promenant en ville. Elle s'en désintéressa donc, ce n'était pas très appétissant.

* * *

Elle sauta d'un mouvement élégant qui ne sembla lui demander aucun effort, sur le rebord de la fenêtre du salon. Elle voulait faire signe à Lancelot de la rejoindre, ce serait plus rapide. Elle jeta un coup d'œil à l'intérieur et le vit allongé sur Ben. Bien, il paraissait remplir sa mission. Ce chien n'était pas totalement incompétent, si ce n'est qu'il n'avait pas l'air de beaucoup le gêner. Dommage, la prochaine fois, elle devrait lui dire d'attaquer la machine qu'il utilisait, ce serait certainement plus efficace.

Elle tapa à la vitre, à plusieurs reprises de façon irrégulière. Ce crétin de canidé ne bougeait pas.

« *Lancelot !* » murmura-t-elle.

L'oreille du dormeur gigota.

« *LANCELOT !* » cria-t-elle, impatiente.

Son ami finit par remuer la tête. Il sauta à terre et se précipita vers la fenêtre.

« *Gwen ! T'es prisonnière dehors ? Pourquoi tu passes pas par la chatière ? Elle est cassée ? Pourquoi j'ai pas une chientière, moi ? C'est pas juste.* »

Benjamin, dont l'ordinateur avait failli tomber au sol, lorsque Lancelot avait dégringolé du canapé, l'observait maintenant poser ses pattes sur le mur et aboyer violemment. Il vit ensuite le démon de l'enfer le narguer.

— Qu'est-ce qu'il t'arrive, mon grand ? demanda-t-il. T'es jaloux ? Tu veux aussi aller dehors ?

« *Rejoins-moi,* » miaula Gwen avant de descendre.

Lancelot fila aussitôt devant la porte du salon et sauta dessus à plusieurs reprises.

— OK, j'ai compris, je vais te faire sortir, se résolut en soupirant Ben.

Il lui ouvrit et en profita pour rallier la cuisine, où Matt surveillait avec attention son four. Lancelot se lança sur lui pour le lécher avant de se précipiter vers l'extérieur.

* * *

— Il a vu Gwen dehors, expliqua Benjamin en refermant la porte.

— Oui, sourit son compagnon, ça arrive souvent. Lancelot ne

t'embête pas trop pour le travail ?

— Franchement ? Non. Je pensais que j'aurais du mal à bosser ici, loin des collègues. Tu sais que je suis quelqu'un qui aime bien discuter. Mais finalement, avec Team, on s'en sort bien. Pas de bug à signaler. Et jusqu'à il y a cinq minutes, j'avais même une bouillotte vivante à gratouiller. Et toi ? Comment se passe la cuisson de ton pain ?

— Mal.

— À ce point ? demanda-t-il en regardant à travers la vitre avec son ami.

— Mon four est trop vieux, comme toute la cuisine d'ailleurs. Je l'utilise très peu, donc jusqu'à présent ça allait. Mais je crois que cette stupide machine prend un malin plaisir à faire rater mes créations.

— Mon pauvre chéri, compatit sincèrement Ben.

— Je vais devoir me résoudre à passer à la boulangerie.

— Tu veux que je te sorte une attestation de déplacement ? T'as une imprimante, non ?

— Une attestation ? Pour faire quoi ?

— Pour aller dehors. C'est obligatoire avec le confinement.

— Bah, tu es sans cesse en train de me dire que je vis dans le trou du cul du monde. Tu crois vraiment que les flics vont m'arrêter en allant acheter mon pain ?

— Bon la police, peut-être pas. Mais les gendarmes ? Vous en avez, non ?

— Greg ? Je pense qu'il a mieux à faire avec ses collègues que de venir ici. En ce moment, ils sont emmerdés avec des vols de produits agricoles.

— Greg ?

— L'adjudant-chef Gregory Lenner.

— C'est un de tes amis ?

— On a été au collège ensemble. Il est un peu con, mais pas méchant et plutôt sympa quand tu apprends à le connaître. Bon, j'y vais.

— Est-ce qu'il y a quelqu'un que tu ne connais pas dans un rayon de 30 km aux alentours ?

— Bien sûr ! Il y a un nouveau couple qui a emménagé en début d'année, on les a pas encore vus, sourit-il.

— Allez, dit amusé Ben, moi, je retourne à mon ordi.

— Je prépare à manger dès que je serai revenu, ça te va ?

— Super, je m'occuperai de faire la vaisselle alors.

* * *

Lancelot sortit en trombe de la maison et rejoignit Guenièvre au bord de la terrasse.

— Allez, viens, lui dit-elle. Nous allons au ruisseau.

— Super ! Une promenade !

— Lul nous demande d'aller voir pour elle ce qu'il y a là-bas.

— Pas besoin ! Je sais ce qu'il y a ; de l'eau, des cailloux et des plantes.

— Eh bien, nous allons vérifier tout de même.

— Pourquoi ?

— Parce que Lul nous le demande

— D'accord. On court ?

Sans même attendre de réponse, Lancelot se précipitait déjà à toute vitesse sur le petit chemin qui menait au ruisseau. Au loin, il vit un oiseau noir, il accéléra pour l'attraper, mais bien sûr, l'animal s'envola sans qu'il n'ait pu l'atteindre. Il posa ses pattes avant sur l'arbre, où le corbeau s'était installé.

— Descends ! Descends ! aboya-t-il.

— Dans tes rêves, crétin. Tu m'auras jamais, je suis trop malin et trop rapide pour toi.

— Descends ! Descends !

— Non. J'attendrai que tu dormes pour venir te picorer la queue.

— Descends !

— Ensuite, je me promènerais partout et je ferai caca sur tout ton territoire.

— Non, t'es chez moi ici. T'as pas le droit ! s'exclama-t-il en sautant pour l'atteindre malgré la hauteur où il se trouvait.

— Lancelot..., soupira Guenièvre qui le rejoignait à l'instant.

— Gwen… Il veut faire caca chez nous…

— Il dit ça rien que pour t'embêter.

— Il veut aussi me picorer la queue. Je sais pas ce que ça veut dire, mais j'aime pas ça.

— Ça signifie que je vais la manger, crétin ! s'amusa le volatile.

Lancelot recula d'un pas et mit ses oreilles en arrière, alors que Gwen sauta sur l'arbre et atteignit la première branche sans difficulté.

— Je crois, dit-elle, que tu n'as pas bien compris ta place dans la chaîne alimentaire sur MON territoire.

— Oh, ça va, si l'on peut même plus rigoler, croassa l'oiseau avant de s'envoler.

Guenièvre descendit comme toujours, tout en élégance.

— T'es trop forte, Gwen !

— Avançons, dit-elle en faisant mine de ne prendre aucun plaisir à être complimentée de la sorte.

* * *

— Alors, il paraît que vous allez vendre ?

Mathieu regarda la boulangère. Il savait bien que l'information allait se propager, mais il ne s'attendait pas à y être confronté aujourd'hui. En fait, il avait presque oublié toute cette histoire.

— Eh bien, commença-t-il enfin. C'est un projet que j'ai, je pense aller vivre en ville avec mon compagnon.

— Pourquoi ? demanda-t-elle. On vous a fait des remarques dans le village ? Dites-le si c'est le cas, ils auront à faire à moi ! Votre ami n'a pas été mal reçu, n'est-ce pas ? Non, ça, ça m'étonnerait, ajouta-t-elle d'un ton de reproche, on l'a jamais vu.

— Nos emplois sont là-bas, cela nous évitera les longs trajets, n'annonça-t-il pas convaincu.

— Oui, mais si c'est pour les passer dans les transports en commun, franchement, je préfère rester ici.

— Oh, dit derrière lui une dame âgée, il est encore jeune, il est normal qu'il veuille aller s'amuser en ville.

— Bonjour, madame Lenis. Comment allez-vous ? demanda Matt. Vous ne devriez pas sortir en ce moment…

— Il faut bien que je mange, non ? Déjà que mon frigo est vide, si je n'ai pas de pain, autant attrapé la COVID et mourir !

— Ne dites pas ça ! s'exclama la boulangère. Vous allez vous porter la poisse !

— Vous avez besoin que j'aille faire les courses pour vous ? Vous avez mon numéro, n'hésitez pas à demander, proposa Mathieu.

— Oh, tu es bien gentil…

* * *

Matt venait de servir un plat de pâtes, il n'avait pas vraiment eu le temps de cuisiner quoi que ce soit de plus sophistiqué. Mais ça irait bien.

— Je vais aller faire les courses aujourd'hui, informa-t-il Ben. Tu as besoin de quelque chose ?

— Non, j'ai ramené tout ce qu'il fallait de chez moi. Tu vas acheter quoi ? Du PQ ? sourit-il. Tes placards sont pourtant remplis.

— Oh, ce n'est pas pour moi. Mais madame Lenis a besoin de quelques produits, la pauvre, elle est seule et n'ose pas trop aller dehors en ce moment. Elle n'a pas été en grande surface depuis un mois.

— Tu as été la voir ?

— Non, je l'ai croisée à la boulangerie.

— Je croyais qu'elle ne sortait pas.

— Presque pas.

— Mais pourquoi elle ne demande pas à être livrée ?

— Parce qu'on est à la campagne, et qu'on est pas livré ici.

— Ah oui, j'oubliais. On est dans un trou paumé.

— Du coup, je vais contacter la mairie pour qu'elle appelle les personnes âgées du village et savoir si elles ont besoin de quelque chose, elles aussi. Je pourrais acheter pour tout le monde en même temps, comme ça.

— Pourquoi c'est à toi de le faire ? demanda étonné Ben.

— Parce que je fais partie du conseil municipal, que je suis le seul à avoir un utilitaire et à être au chômage en ce moment.

— Tu fais partie du conseil ? Tu me l'as jamais dit !

— Bien sûr que si !

— Non, je t'assure que non, je m'en souviendrais.

— Mais… j'ai été au conseil un vendredi soir du mois dernier. J'ai dû forcément te le dire !

— C'est le week-end où je suis venu le samedi au lieu du vendredi parce qu'il y avait une soirée au boulot ? Non, tu m'as dit que tu devais aller à la mairie, mais pas pourquoi. J'ai cru qu'il y avait un loto, comme la dernière fois.

— Non, ça c'était à la salle des fêtes et c'était organisé par l'asso du village, pas par la mairie. Et en plus, j'avais rien gagné, balança-t-il d'un ton grognon. Je ne t'ai vraiment jamais dit que je faisais partie du conseil municipal ?

— Ah, bah ! Je m'en souviendrais ! Et du coup, tu empoches combien avec ça ?

— Rien du tout, il n'y a que le maire, le second et troisième conseiller qui sont dédommagés.

— Dédommagés ? répéta-t-il.

— Oui, ils perçoivent une indemnité, pas de salaire. De toute façon, pour le peu qu'ils reçoivent…

— Et toi, rien du tout ? Et en plus, tu vas aider les vieux. C'est de l'arnaque !

— Non, absolument pas ! Je m'investis dans la vie de mon village. Je rends service à beaucoup de gens. Et c'est pas très chronophage, donc ça va.

— J'hallucine.

— Pourquoi ? s'enquit Mathieu qui commençait à s'énerver.

— Désolé. C'est juste que j'ai jamais vu ça. Enfin, il y a bien les Restos du cœur qui aidaient dans ma rue quand j'étais ado, mais c'est pas exactement pareil. Du coup, je me demande si le petit vieux du premier étage dans mon immeuble est dans la même situation, s'inquiéta-t-il après un instant de silence…

Matt ne dit rien et continua à manger.

* * *

Lancelot buvait au ruisseau alors que Guenièvre se tenait plusieurs pas en arrière, ses pattes repliées sous son corps, et observait les allers-retours
— Gwen, elle est super bonne ! Tu es sûre que tu n'as pas soif ?
— Non, ça va. Tu sens quelque chose d'étrange ?
— Rien du tout. Et toi ?
— … Non, rien.
— On repart, alors ?
— Oui, dit-elle en se levant.
— Super !
— Je vais rendre visite à Lul, tu peux rentrer direct.
— Quoi ? Non, moi aussi je veux aller la voir.

* * *

Le champ recouvert de pissenlits où les abeilles voletaient de l'un à l'autre, laissa apparaître Lullaquim, elle était entièrement jaune aujourd'hui. Lancelot reniflait les fleurs à droite et à gauche, Gwen s'assit comme à son habitude face à son amie.
— Alors ? s'enquit la fée.
— Il n'y a rien d'extraordinaire. Tout semble normal.
— Vraiment ? Même la plus petite chose qui te paraît insignifiante pourrait m'être profitable.
— L'eau était délicieuse ! s'exclama Lance.
Lul eut un léger rire.
— Je m'en doutais, même si cela fait si longtemps…
— J'ai été utile ? demanda-t-il.
— Oui, tu es un bon chien, le complimenta la fée.
— Je suis un bon chien ! répéta-t-il en courant partout.
— Et toi, mon amie ? Dis-moi ce que tu as ressenti.
— Rien, vraiment. Si ce n'est… Comme si, ce territoire était

revendiqué… Il n'y avait rien qui l'indiquait, pas de marquage, ni urinaire ni rien… Mais, c'est l'impression que j'avais.

— Merci, c'est bien ce qu'il me semblait.

— Vas-tu m'expliquer ce qu'il se passe, maintenant ? demanda la chatte.

— Nous allons certainement avoir une invitée d'ici peu.

— Une de tes sœurs ? questionna-t-elle curieuse.

— Non, nous sommes aussi territoriales que vous autres, les félins.

— Alors, quoi ?

— Une Nymphe, probablement une naïade. Elle ne devrait plus tarder, quelques jours tout au plus.

— Est-ce qu'elles sont dangereuses ? s'enquit Gwen inquiète.

— Rarement. J'espère qu'elle restera un peu, nos espèces s'entendent très bien.

— La rivière est loin.

— Mais pas l'eau, sourit Lul. Tu devrais rentrer maintenant, notre humain va partir.

— Maître ?!!! s'exclama Lancelot. Il s'en va sans moi ?

Sans rien dire d'autre, il courut vers la maison.

— Il quitte notre territoire presque tous les jours en temps normal, et il lui fait toujours une crise lorsqu'il le fait sans lui.

Guenièvre se releva et tourna le dos à son amie.

— Je reviendrai te voir demain, j'aimerais en savoir plus sur cette naïade. Elle pourra peut-être nous aider.

✳ ✳ ✳

Mathieu se préparait pour partir en course. C'est-à-dire qu'il vidait sa vieille Kangoo de tout ce qu'elle contenait. Il remisa soigneusement son matériel de travail, ou plutôt l'outillage qui lui appartenait, mais qu'il était obligé de prendre pour son boulot. Son idiot de patron refusait d'acheter quoi que ce soit de qualité, parce que cela coûtait trop cher. Ensuite, il s'attaqua à tout ce qu'il avait trouvé à droite à gauche ; cela pourrait lui être utile. Il mit de côté, les vieilles planches, mais encore en bon état. Dans un coin, il posa une chaise qui serait très jolie une fois retapée. Et le long du mur, il entassa des cartons vides qu'il avait récupérés à l'hôtel et qui lui seraient très pratiques pour ranger.

— Ah, mais même ta voiture est remplie de trucs futiles, en fait ? Benjamin avait fini la vaisselle et venait retrouver son compagnon. Matt regarda ce qu'il avait tout juste sorti de son véhicule d'un air coupable. Il ne pensait pas avoir tant de choses à l'intérieur.

— Tout cela me sera utile, contra-t-il dans un déni manifeste de la réalité.

— J'en suis sûr, répondit Ben en faisant bouger la chaise qui boitait. Le son qu'elle émettait chaque fois que son quatrième pied touchait le sol était autant de coups dans la mauvaise foi de Mathieu.

— Il est possible qu'un tri soit tout de même nécessaire, concéda-t-il.

— Ah, oui, je vois, dit son ami alors que celui-ci reposait une des planches à sa place après s'être pris une écharde.

« *Maître !* » hurla Lancelot en sautant sur lui. « *Je peux venir ? Je peux venir ? Dis oui, s'te plaît, s'te plaît !* »

— Ah, tu ne vas pas recommencer ! dit-il d'un ton faussement fâché. Je dois y aller, donc soit sage.

« *S'te plaît ! S'te plaît !* » continua de bondir Lancelot.

— Assis ! ordonna Matt. Bon, j'y go, dit-il à Ben. Tu t'en sortiras tout seul ? demanda-t-il, pris subitement de remords.

— Alors déjà, je suis pas seul. J'ai mon meilleur pote avec moi, sourit-il en caressant la tête du chien, et le démon de l'enfer est là-bas, sur la poubelle. Hey, je te vois, cria-t-il à Gwen.

« *Et moi, je t'entends ! Ce que vous êtes bruyant vous, les humains !* » La chatte s'allongea pour profiter des quelques rayons de soleil qui perçait sous les nuages.

— Ensuite, continua Ben, franchement, ce que tu fais c'est super ! Je t'aurais volontiers aidé si je ne travaillais pas.

— De toute façon, t'aurais pas pu venir, oublies pas qu'on est confiné… Oh, merde, l'attestation, soupira Mathieu. Je dois aller la chercher.

Une fois seul, Benjamin s'installa sur son bureau improvisé. Lancelot s'allongea à ses côtés alors que Guenièvre les observait assise sur le dossier du fauteuil. Il se sentait bien.

* * *

Le soir même, Matt rentra après avoir effectué sa tournée.

— Ça a été ? lui demanda Ben.

— Galère. J'ai déposé au pied de leur porte les courses que j'ai faites. J'ai essayé de garder mes distances, mais ce n'était pas évident. Ils m'ont tous proposé ou presque de venir boire un coup.

— Ils ont pas compris le principe de confinement, les vieux ?

— Beaucoup se sentent seuls, encore plus avec tout ce qu'il se passe où même leur famille ne va plus les voir. Et toi ? Ton boulot ?

— Super bien, j'ai bien avancé. J'ai pris des cafés à la machine virtuelle avec les collègues, c'était fun. Et ton chat s'est finalement endormi après m'avoir surveillé pendant un long moment.

— Ça doit lui faire bizarre. Déjà moi qui ne vais plus travailler et toi qui t'incrustes dans le salon. C'est de sacrés changements pour elle.

— C'est peut-être la raison oui.

— Tu as une autre explication ?

— Oui. Elle a essayé de me jeter un sort, elle n'a pas cligné des yeux.

— Ce qui veut dire qu'elle n'est plus un démon de l'enfer, mais une sorcière... Hum... Elle régresse dans la liste des méchants, cela signifierait-il que tu l'apprécies de plus en plus ?

— C'est elle le problème. C'est elle qui me déteste !

— Très bien, on va régler ça, trancha Matt. Ça commence à me saouler cette histoire, dit-il en sortant un paquet rose d'un placard. Tiens, c'est des bonbons pour chats. Allons dans le salon et secoue la boîte. Tu vas voir.

Endormi sur le fauteuil, Gwen bougea une oreille rapidement. Elle connaissait ce bruit, et il valait le coup qu'on se réveille pour lui. Elle sauta au sol et se dandina jusqu'à Mathieu où elle se frotta contre ses jambes.

« *Gentil humain, donne-moi ma friandise.* »

— Désolé, ma belle. C'est pas moi qui ai ton paquet. Vas-y, montre-lui Ben.

Obéissant, son compagnon secoua la petite boîte.

« *Tu joues à quoi là ? Tu veux me mettre de mauvaise humeur, c'est ça ?* »

— Elle a pas l'air contente, soupira Benjamin.

— C'est parce que tu tardes trop. Jettes-en un dans la pièce, tu vas voir.

— Je le jette ? Je le lui donne pas ?

— Non, elle préfère comme ça. C'est comme si elle chassait. Après sa queue est toute touffue, c'est trop mignon.

— OK, si tu le dis.

Ben prit l'un des petits bonbons dans la boîte et le lança près du canapé, où Lancelot en embuscade le rattrapa au vol.

« *Ils sont pas mauvais, mais les miens sont meilleurs. Tu m'en files un autre ?* » demanda-t-il en s'approchant.

— Elle a même pas bougé ! s'exclama Matt. C'est bien la première fois ! Et crois-moi, qu'elle en a mis des torgnoles à Lancelot quand il tentait de lui piquer ses friandises.

— Tu vois qu'elle me déteste.

« *Bon, on arrête de jouer, reprends le paquet et tu me donnes ma nourriture maintenant, l'humain !* » grogna Gwen en s'appuyant sur le genou de Mathieu.

— Essaie encore, je retiens Lance. Vient là mon gros, dit-il en le coinçant dans ses bras. Vas-y, Ben.

Pas convaincu, son ami lança un nouveau bonbon qui atterrit sous le canapé.

« *T'es nul, l'intrus.* »

— Et merde ! dit-il en allant chercher sous le meuble la friandise égarée. C'est quoi ça ? demanda-t-il en sortant une petite boule en mousse qui faisait à peine la taille de son auriculaire recroquevillé.

« *Hey, c'est à moi ça !* » dit Guenièvre en se précipitant.

— Tu le veux ? Tiens, attrape ! dit-il en lui lançant la balle.

Gwen agrandit ses yeux tout ronds, la saisit avec sa patte, secoua sa tête et la refit partir sous le canapé.

— T'es sérieuse ?

« C'est de ta faute, tu m'as eu par surprise ! »

— Je la reprends, mais c'est la dernière fois.

« Comme si je voulais que tu touches ma proie et que tu mettes ton odeur dessus, » dit-elle en s'asseyant près de lui.

— Voilà.

Benjamin posa la balle devant elle et Guenièvre la mordit pour la saisir avant d'aller s'installer sur son fauteuil.

« Ça va me demander beaucoup de travail pour la nettoyer, » songea-t-elle en la tenant fermement par la gueule tout en la griffant de ses pattes arrière.

— Elle a l'air contente, non ? s'enquit Ben.

— Oui, tu vois, elle a juste besoin de temps.

« Et moi ? » interrogea Lancelot en gigotant dans les bras de Mathieu jusqu'à ce qu'il le lâche. *« Je veux jouer aussi ! »*

« T'avises pas de toucher à ma proie ! » lui ordonna Gwen alors qu'il s'appuyait sur le fauteuil.

— Dis-moi puisque tu as fini ta journée, demanda Matt après l'avoir relâché.

— Oui ?

— Ça te tente, une petite promenade dehors ?

« Promenade ?!! »

Les deux oreilles de Lancelot se relevèrent, puis tout son corps se mit en mouvement.

— Normalement, continua-t-il alors que le chien sautait sur lui, je sors Lancelot autour du village, mais là, c'est plus possible. Donc, on peut aller faire un tour dans le domaine, pour que tu visites un peu l'extérieur.

« Promenade ! » cria-t-il en allant voir Ben.

— Ouais, OK. Je vais m'habiller plus chaudement.

« Promenade !! » dit-il en retournant auprès de Mathieu.

— Et moi, je remets des bûches pour que le feu ne s'éteigne pas avant qu'on rentre.

« Promenade !!! » gémit-il alors que Ben partait.

* * *

Après une demi-heure de marche, sans voir le bout de la propriété, Benjamin s'arrêta. Lancelot était à plusieurs mètres devant eux et semblait très intéressé par une odeur sur le bord du chemin. Lui était un peu fatigué, il avait honte de le reconnaître, mais il manquait d'exercice. Il profita de la pause pour oser enfin demander.

— J'aimerais te poser une question, sans que tu te fâches. Ça doit te coûter une blinde en impôt, non ?

— J'ai hérité d'une belle somme de mon père. Il gagnait bien sa vie et a fait appel à un excellent gestionnaire de patrimoine qui s'occupe toujours de l'argent de la famille d'ailleurs. J'ai utilisé le plus gros pour acheter la part de mon frère, ce qui fait que je ne rembourse pas de crédit. J'arrive à mettre suffisamment de côté pour payer les taxes dessus.

— Et ton frangin, il n'a pas voulu la racheter pour lui ?

— Il n'en avait pas les moyens à l'époque, il était étudiant en médecine et tout son pognon partait là-dedans. Et puis, je crois pas qu'il en ait vraiment eu envie. Il est comme le paternel, c'est un citadin. Et puis, Antoine m'a dit que tant qu'il avait le droit de passer ses vacances ici, en famille, il était heureux.

— J'espère le rencontrer bientôt.

Ben se mordit la lèvre. Il ne souhaitait pas lui donner l'impression de le forcer à lui présenter sa famille.

— Il vient fin juillet normalement, mais cette année ce sera dur. C'est dommage, je n'ai toujours pas vu, pour de vrai je veux dire, ma petite nièce. Je l'imagine déjà faire ses premiers pas sur la pelouse devant la terrasse, comme son père !

Son compagnon sentit une pointe de culpabilité lui percer le cœur. Lorsqu'il avait suggéré de vendre cette maison, il n'avait pas pensé que c'est toute la famille de Matt qui serait touchée. Il chassa cette pensée alors que Lancelot revenait en courant vers eux. Il était temps de rentrer.

* * *

Une fois seule dans le salon, et certaine que les autres ne rentreraient pas tout de suite. Guenièvre descendit de son fauteuil et se colla au canapé. Elle renifla et trouva l'endroit où ce crétin avait lancé sa friandise. Elle s'allongea et passa sa patte avant, et à force de se trémousser, elle réussit à attraper le petit bonbon marron. Elle le fit sortir, le croqua puis retourna se coucher sur son trône, près de sa proie.

* * *

Le lundi suivant, assis sur la terrasse, Mathieu s'ennuyait. Il avait fait le tour de la maison et il n'y avait plus rien à ranger ni à nettoyer. Il avait même installé la laine de roche qui traînait dans le grenier.
Benjamin avait toutes ses journées prises par son travail. Même s'ils avaient passé ce week-end collé l'un à l'autre. Il se doutait bien que ça ne devait pas être très intéressant pour lui, voire ennuyeux. Habituellement, ils sortaient tous les deux. Là, tout ce qu'il avait pu lui proposer, c'était une soirée Netflix avec des pizzas surgelées, ou des promenades ou de faire du jardinage ensemble. Pour un citadin, ce n'était pas terrible, songea-t-il en soupirant. Même lui, un campagnard invétéré et qui était au chômage depuis deux semaines maintenant, s'emmerdait. Il travaillait au potager et dans sa serre bien sûr. Mais désormais, il devait attendre et laisser faire la nature.
Il n'allait tout de même pas passer ses journées à se balader, non ? Cela plairait à Lancelot, sourit-il. Il regarda sa maison et l'observa. Il sentait la nostalgie l'envahir. Il se souvenait de son enfance, évidemment. Mais aussi des années où sa grand-mère avait dû quitter sa demeure qu'elle adorait pour partir dans un établissement médicalisé. Il la revoyait, pendant ses derniers

jours, des tuyaux dans le nez, l'odeur de désinfectant et les yeux fermés qu'elle était incapables de rouvrir.

Il se leva de son siège d'un geste brusque, et s'approcha d'un des volets battants qui s'écaillait. Il avait acheté de la peinture pour les refaire, bleu Provence. C'était la couleur que sa grand-mère voulait, mais qu'elle n'avait jamais utilisée. Pris d'une subite envie, il les retira de leur accroche et les posa tour à tour à côté de son établi. Il alla chercher dans son fouillis du décapant ainsi qu'une brosse métallique et après avoir installé le premier d'entre eux sur des tréteaux, il se mit au travail.

* * *

— Oui, pour ce contrat, dit Ben qui s'interrompit brusquement en entendant du bruit venant de la terrasse.

— Il y a un problème ?

— Non, non. Je disais pour ce contrat, l'entreprise n'a que très peu d'employés, tu penses vraiment que ça vaut le coup de mettre en place des clauses avec autant de spécificités ? Pour ma part, je crois…, continua-t-il avant de s'interrompre à nouveau en remarquant les volets du salon être enlevé avec difficulté.

— Tu crois ?

— Pardon. Que ça ne va pas être très rentable, ça va nous demander beaucoup de manipulation en manuel, pour peu de bénéfice.

— Ah, mais je suis tout à fait d'accord. Tu penses pouvoir me calculer combien ça nous coûterait ? En termes de temps, je veux dire. J'aimerais avoir des chiffres avant d'aller discuter avec le Big Boss pour lui expliquer que ses commerciaux ont encore fait de la merde.

— Pas de souci. Je te fais pour demain matin ?

— Nickel.

— Dans ce cas, je m'y mets tout de suite.

Enfin, après avoir été voir ce qu'il se passe, songea-t-il.

* * *

Benjamin s'approcha de l'établi et découvrit le chantier sur le sol.

— Coucou, dit-il en pointant sa tête.

— Désolé, j'ai fait du bruit, je t'ai dérangé ?

— Pas vraiment, sourit-il en lui tendant un café.

— Oh, merci, mon chéri, l'embrassa-t-il.

— Alors, tu t'ennuies vraiment, hein ?

— Ça se remarque tant que ça ?

— Bah, tu es venu me voir au moins trois fois ce matin, me demandant si j'avais besoin de quelque chose et voilà que tu chamboules tout.

— Désolé.

— C'est pas grave. Tu fais quoi ?

— Je décape les volets, ensuite je vais les repeindre de cette couleur, dit-il en lui désignant l'énorme pot sur le sol.

— Ça va faire joli.

— Je trouve aussi.

Mathieu était un peu inquiet que Benjamin soit fâché qu'il réalise des travaux alors qu'il voulait vendre, mais cela n'avait pas l'air de le gêner finalement.

— Ce soir, c'est moi qui fais à manger, lui annonça Ben.

— Volontiers.

— Si ça te va, tu t'occupes du midi comme j'ai pas trop de temps, et moi, du dîner. Même si je suis ton invité, je vais pas me faire dorloter pendant tout mon séjour. J'ai déjà trop abusé cette semaine en te laissant tout faire.

— J'accepte ta proposition, sourit Matt.

— Cool, je vais aller fureter dans ton frigo et tes placards si tu permets.

— Bien sûr, fait comme chez toi. Et n'hésite pas à regarder dans la cave, la porte à côté du garage, elle est pleine de bocaux.

— Attends, je vais essayer de deviner. Tu les as faits toi-même avec les légumes du jardin.

— Pas tous, j'en ai échangé certains avec les voisins.

— Je suis vraiment curieux maintenant.

— N'espère pas des merveilles...

— Matt, dit-il après un instant, tu trouves pas ça bizarre que j'ignore que tu faisais tes propres conserves ? Ça fait quand même un an qu'on se fréquente.

— On en a jamais réellement parlé, j'imagine.

— Ouais, je savais pas non plus que tu étais membre du conseil de ta mairie... Finalement, ce confinement aura du bon. On passe plus de temps ensemble, et l'on apprend à se connaître.

— C'est vrai. C'est agréable d'avoir quelqu'un à mes côtés quand je m'endors, au réveil et à tous les autres moments de la journée.

— Quelqu'un ? lui demanda tout près Ben.

— Toi, murmura Mathieu avant de l'embrasser à nouveau. Allez, se recula-t-il finalement, va bosser.

— Au fait, dit Benjamin déjà dehors, je pensais que les deux tornades étaient avec toi, mais c'est pas le cas...

— Ils sont pas dans le salon ? s'enquit Matt inquiet.

— Nop.

— Ils doivent encore être en vadrouille. S'ils ne sont pas de retour en début d'après-midi, je regarderai la position de Lancelot.

— Comment ça ?

— Il a un GPS autour du cou. Oui, j'ai pas pu le mettre sur Guenièvre, c'est dangereux pour un chat les colliers, mais comme ils sont toujours fourrés ensemble, j'ai juste besoin de savoir où lui, il traîne.

* * *

— Lancelot, je compte sur toi pour ne pas te comporter comme un chiot.

— Oui, Gwen.

— Tu ne devras pas courir partout et être bien attentif à tout ce qui t'entoure.

— Oui, Gwen.

— Si tu as le moindre problème, tu t'arrêtes et tu me le dis.

— Oui, Gwen.

— Je le sens vraiment pas...

— Allons, mon amie. J'ai confiance en Lancelot, tout va bien se passer, sourit Lul.

— C'est ce que je te reproche, tu es bien trop confiante.

— Je vais tout bien faire Gwen, ne t'inquiète pas, je suis un bon chien.

— De toute façon, s'il y a un problème, tu seras privé de fauteuil jusqu'à la fin de tes jours ! Maintenant couché !

Lancelot obéit. Il était certain que Gwen n'était pas sérieuse, enfin presque certain, elle n'était pas aussi méchante. Il aimait beaucoup dormir sur le fauteuil à côté d'elle et il serait très triste s'il ne pouvait plus le faire.

Lullaquim s'approcha du chien et doucement posa ses pattes avant sur son flanc. Elle essaya de se hisser, mais sa physionomie n'était pas tout à fait adaptée pour la grimpette ni pour tout type d'exercice physique d'ailleurs.

Guenièvre la voyant en difficulté décida d'intervenir, sinon ils allaient y passer la journée. Elle s'avança par-derrière et glissa sa gueule sous le corps de la fée et, aussi délicatement qu'elle put, la poussa avec son museau.

— Merci, mon amie, dit Lul en s'installant sur le dos de Lancelot. Si tu le permets Lancelot, je vais m'accrocher à ton collier.

— D'accord. Je vais aller doucement.

Concentré à sa tâche, le chien marcha lentement, la tête bien droite et les oreilles aux aguets.

— Aujourd'hui, dit-il, je suis un bon cheval.

Gwen passa devant lui pour vérifier la route, renifla les alentours et battit la queue en arrière.

— Tu as de l'humour, Lancelot ? Je l'ignorais.

— Nous allons faire un magnifique voyage ! s'exclama Lul. Mais soyez gentils de continuer de me parler pour que je pense à autre chose. Je ne suis pas tranquille de partir ainsi de ma prairie.

— Je ne suis pas du genre très bavard, l'informa Gwen.

— Je peux te raconter beaucoup de choses ! intervint sa monture. J'ai fait plein de promenades. Tu veux que je te dise tout ce que j'ai senti ? Tout d'abord, il y avait plein d'odeurs humaines. C'est normal, on était près de la maison. On a été faire un tour là où il y a la nourriture qui pousse.

— Le jardin ? demanda Lul.

— Non, soupira Lancelot, le maître m'interdit d'y aller, il n'aime pas que je fasse des trous à cet endroit. Mais les trous c'est trop bien ! En plus, je voulais juste l'aider, lui aussi faisait des trous…

— Ils ont été du côté des arbustes fruitiers, l'interrompit Gwen.

— Les petites boules rouges sont très bonnes, elles commencent à pousser, j'ai hâte, ajouta-t-il la queue battante.

— Des petites boules rouges ? répéta Lul.

— Des framboises, répondit le chat. Il en raffole.

* * *

Ben ouvrit la porte de la cave. Il savait où elle était, car Matt la lui avait montrée quand il lui avait fait visiter la première fois qu'il était venu chez lui. Mais il n'était jamais descendu jusqu'à présent. Il activa le vieil interrupteur sur le mur qui émit un clac et mit son pied sur la première marche, puis la suivante. Il eut rapidement encore plus froid que dans le reste de la maison. C'était tout à fait logique, c'était une cave en sous-sol. Pourtant arrivé en bas, il eut des frissons. Il fit à peine quelques pas dans la grande pièce remplie d'étagères, de bocaux, de meubles poussiéreux, qu'il se hâta de remonter sans rien avoir emporté.

Il ne retournerait jamais là-dedans, se dit-il en essayant de se débarrasser de la chair de poule qu'il ressentait. Et il n'en parlerait jamais à Mathieu, il se foutrait de sa gueule. Il n'avait plus qu'à faire un truc avec ce qu'il y avait dans la cuisine.

* * *

Guenièvre releva la tête et huma l'air ambiant, la bouche entrouverte. Elle pouvait déjà flairer les premiers effluves de la petite rivière. Elle s'arrêta et renifla la terre. Elle se tourna ensuite vers Lancelot.

— Qu'est-ce que tu sens ? demanda-t-elle.

— De l'eau. De la bonne eau.

Il réfléchit un instant avant d'ajouter.

— C'est la première fois que je la sens, ici. D'habitude, c'est plus loin.

— C'est grâce à la naïade. Ses bienfaits se répandent autour d'elle.

— Tu es certaine que nous serons les bienvenus ? s'enquit Gwen en reprenant la marche.

— Non. Ce sont des êtres changeants, avec leurs humeurs. Ils peuvent être très accueillants, c'est d'ailleurs souvent le cas. Mais pas toujours.

Aux abords du ruisseau, ils s'arrêtèrent tous trois. L'eau était d'une transparence pure et brillait au soleil.

— On fait quoi maintenant ? demanda Gwen impatiente.

— On attend, répondit Lul.

— J'ai soif. Je vais boire.

— Non, Lancelot ! cria la chatte.

— Mais Gwen...

— Je vais descendre, si tu es d'accord, mon petit.

— Bien sûr, Lul, acquiesça-t-il en se couchant. Après, j'irai me rafraîchir.

— Tu n'as pas entendu lorsqu'on t'a parlé du danger des naïades ? gronda Guenièvre.

— Je veux juste laper quelques gorgées, il n'y a rien de mal à cela.

— Dans le doute, abstenons-nous. C'est plus prudent.

— Qu'est-ce que tu es trouillarde, ma Gwen, soupira Lancelot.

— Répète ça, un peu, si tu l'oses ? s'énerva-t-elle en montrant ses griffes sorties de sa patte.

— Susceptible, en plus.

— Je vais t'écorcher vivant !

— Les enfants, intervint Lul, taisez-vous, pendant que je vais saluer notre hôte.

La fée fit quelques pas en avant très rapides, puis s'arrêta.

— Bonjour, dit-elle, je m'appelle Lullaquim. Puis-je savoir à qui ai-je l'honneur ?

L'eau se gonfla légèrement devant elle, une tête apparue, d'abord avec réticence, comme si l'être craignait pour sa vie, puis semblant rassuré, il laissa émerger son corps recouvert d'écailles.

— Oh, j'y crois pas ! s'exclama le nouveau venu. Une fée des fleurs ! Ça fait des centaines d'années que je n'en ai pas rencontré ! C'est inimaginable. Je vous pensais disparue ! Vraiment, je suis ravi. Oh pardon, je manque à tous mes devoirs. Je m'appelle Aim'Karo-EtyAl, dit-il.

— C'est ça la naïade ? demanda Lancelot en s'approchant. C'est un poisson.

— Évidemment ! Tu t'attendais à quoi ? À une magnifique jeune fille ? Avec de gros lolo, une taille de guêpe et un cul en forme de pêche ? Vous, les chiens, vous fréquentez bien trop les humains, vous pensez comme eux ! Soit un peu plus respectueux envers les miens.

— Pardon, monsieur.

— Voilà, il recommence ! Il m'appelle Monsieur. J'ai rien d'humain, je te dis !

— Pardon, répéta-t-il, en se couchant au sol, les oreilles basses.

— Je ne t'en veux point, mon ami canidé, mais garde à l'esprit que je suis un être millénaire qui mérite un minimum de considération. Appelle-moi, Al.

— OK, Al. Je peux boire maintenant ?

— Lancelot, ne sois pas impoli, s'emporta Lul.

— Il y a pas de mal ! Je t'en prie, désaltère-toi à l'eau de ce ruisseau, il est là pour cela ; apporter la vie. Sauf pour toi ! cria-t-il en montrant Gwen de sa nageoire.

Celle-ci s'était approchée si près de lui qu'elle pouvait presque le toucher. Ce qu'elle aurait probablement fait avec ses crocs, si elle n'avait pas été prise sur le fait.

— Guenièvre ! la réprimanda Lul.

La chatte se rassit en léchant ses babines. L'odeur de la naïade qui se cachait sous celle de l'eau lui avait ouvert l'appétit.

— Ça fait du bien ! dit Lancelot en laissant tomber un gros filet de bave sur le sol.

— Tu bois toujours aussi salement, lui reprocha le félin.

— Vous êtes impossibles tous les deux ! s'exclama Lul. Puis-je demander ce qui vous amène ici, Al ?

— Je recherche un endroit où vivre pour quelque temps. Je voyage beaucoup, contrairement à vous, ma chère. Je suis un nomade, un itinérant, un vagabond qui va d'une goutte d'eau à une autre. ET JE TE VOIS ESSAYER DE T'APPROCHER ENCORE !!! NE T'AVISE PAS DE RECOMMENCER !

Guenièvre recula ses pattes avant, qu'elle avait peu à peu avancées vers celui qu'elle considérait comme sa nourriture.

— Je m'ennuie, on rentre ? suggéra Lancelot.

— Non, dors, répondit Gwen.

— D'accord.

Le chien bâilla, piétina le sol en tournant, avant de se jeter à terre pour se mettre en boule et s'autoriser une petite sieste.

— C'est la première fois que je viens dans ce coin, et je dois bien admettre que c'est magnifique ! Je suis contraint de chercher de nouveaux endroits pour me reposer, cela fait des années que je n'en ai pas trouvé un où je pouvais rester plus de quelques jours. Je pense que ce lieu va devenir un refuge pour moi, où je pourrais m'abriter chaque printemps et chaque automne pendant mon incessant voyage.

— T'y habitues pas la poiscaille. On va être éjecté d'ici et tout va être détruit. T'aurais pas déniché une prairie préservée pendant tes déplacements ? demanda Gwen.

— Je t'ai déjà dit que je ne partirai pas de chez moi. Je suis trop vieille pour cela, lui dit Lul.

— J'en ai parcouru quelques-unes, répondit Al, mais elles sont dans les montagnes.

— Il y a des montagnes dans le coin ? s'enquit la chatte.

— À plusieurs mois de trajets pour moi. J'ignore si vous seriez capable d'y aller, vous. Vous devriez forcément passer par le monde humain qui regorge de dangers et de périls. Affronter la chaleur et le froid ! Traverser des centaines de kilomètres, trouver de la nourriture et des abris pour dormir... TU RECOMMENCES !!! JE T'AVAIS PRÉVENU !

Al arrondit sa bouche et cracha un filet d'eau sur Guenièvre qui hurla et partit en courant se cacher derrière les premiers arbres. Elle était trempée. Vivement, elle entreprit de se lécher le flanc pour enlever toute cette eau qui la salissait.

— Ça va ? demanda Lancelot en s'approchant doucement.

— Je vais le transformer en sushi, cette poiscaille !

— C'est quoi un sushi ?

— C'est le truc que l'intrus a ramené une fois, le machin blanc était dégueulasse, mais il y avait du poisson rouge super bon dessus. J'adore le saumon, précisa-t-elle en passant sa langue sur ses babines à ce souvenir.

— Me souviens pas.

— L'intrus t'en avait donné.

— Me souviens pas.

— Rentrons, s'approcha Lul.

— Tu as fini de discuter avec ton ami ? demanda Lancelot. Ça a été rapide.

— Oui, je lui ai expliqué où me trouver, il y a une source souterraine qui s'écoule non loin. Il va la pousser un peu plus vers moi. Cela va être très amusant.

— Quelle bonne idée ! s'exclama Gwen.

— Ne t'avise pas d'essayer de le manger à nouveau ! C'est mon hôte ! s'emporta Lul qui tentait de monter sur le dos de Lancelot.

— Mais pas du tout ! la contredit la chatte en l'aidant à grimper.

— Je te croirais plus facilement, si tu ne te léchais pas les babines avec autant de plaisir.

* * *

Mathieu se recula de plusieurs pas pour admirer ses volets qu'il venait de remettre à leur place. Cela lui avait pris plusieurs jours, mais il était ravi du résultat. Bon, maintenant il voyait encore plus les défauts de la façade.

En fait, il devait résister au besoin impérieux de continuer les travaux. Il avait pas mal d'argent de côté. Il ne voulait pas trop y toucher, mais cela lui permettrait d'acheter tout le nécessaire.

Il essayait de rationaliser son envie en se disant que c'était des travaux utiles et qu'il pourrait revendre plus cher sa demeure. Et peut-être avoir assez pour acquérir une maison avec un petit terrain en ville. Il pourrait aussi offrir un magnifique cadeau à sa nièce. Il se fera ainsi peut-être pardonner par son frère qui allait le détester une fois qu'il lui annoncerait qu'il se séparait du domaine. Matt avait pensé lui proposer de la racheter à prix modique, mais il savait qu'il n'en voudrait pas, Antoine avait été clair là-dessus. Elle était trop loin de chez lui, même pour une résidence secondaire, et elle était trop chère à entretenir pour une maison de vacance.

Il était le seul de la famille à avoir souhaité la récupérer. Son père l'avait détestée toute son enfance, sa mère avait haï le peu de jours où elle était venue et son frère ne désirait que les avantages, c'est-à-dire y passer ses congés, sans les inconvénients.

Il était le seul à voir la beauté des lieux, l'amour qui s'en dégageait et la beauté du paysage. Il inspira et expira doucement pour calmer l'émotion qui le saisissait. La nostalgie le reprenait.

Ben, non plus, n'en voulait pas.

Il allait donc bientôt lui dire au revoir à jamais. Sans avoir eu l'occasion de la réveiller de son long sommeil, de la rendre encore plus magnifique, de s'occuper d'elle tel qu'elle l'aurait mérité. Si son grand-père n'était pas mort dans les années quatre-vingt-dix en laissant sa veuve gérer un domaine trop grand pour elle, cette maison aurait été bien différente. Sa grand-mère l'avait conservé presque comme un sanctuaire à la mémoire de son mari.

Et lui avait fait la même chose, mais en souvenir de sa grand-mère. Et dans cette histoire, c'est cette maison qui en avait payé le prix. Elle avait vieilli aussi, sans qu'on l'entretienne.

Et quelque chose en lui céda. Puisqu'il avait l'argent et le temps, autant redonner sa beauté à cette merveille. S'il devait la vendre, qu'elle soit au mieux de sa forme. Il entra et grimpa les escaliers de la salle à manger rapidement. Dans sa chambre, il ouvrit en grand la fenêtre et prit les mesures.

Les magasins de bricolage étaient fermés, mais il avait vu qu'on pouvait commander sur internet et récupérer ses achats sur le parking. Sa kangoo devait être assez grande pour y mettre les trois fenêtres nécessaires à l'étage. Il n'avait plus qu'à espérer qu'elles seraient en stock. Sinon, il allait devoir se trouver une autre occupation.

* * *

Benjamin entendait Matt faire des allers-retours à l'étage. Il avait terminé ses volets, et il voulait aller voir ce que ça donnait dès qu'il aurait fini son tableau Excel. Il détestait s'interrompre pendant qu'il faisait une tâche, après il ne savait plus où il en était, et ça lui prenait bien trop de temps pour se replonger dans son travail.

Mais il était curieux. Vraiment curieux. Son compagnon était toujours fourré dehors habituellement. Alors qu'est-ce qu'il pouvait bien foutre en haut ?

* * *

Mathieu sourit. Il avait trouvé exactement ce qu'il voulait en triple vitrage. En plus, sans la pose, le prix restait très correct. Il allait vérifier les stocks quand on frappa à la porte. Il rabaissa aussitôt l'écran de son ordi portable.

— Oui ? dit-il.

— Je t'ai entendu d'en bas, dit Ben en entrant. Il y a un problème ? Tu as besoin d'aide ?

— Euh… Non, pourquoi ? répondit-il en retournant à l'intérieur.

— Je trouvais ça juste bizarre, c'est pas dans tes habitudes. Tu pourras fermer la fenêtre quand tu auras fini ? demanda-t-il. Même si le temps s'est adouci, je vais avoir froid ce soir, sinon.

— Oh, oui bien sûr, sans problème. Tu veux que j'allume la cheminée ?

— Non, c'est bon. J'ai enfilé un gros pull. Allez, j'y retourne, je dois terminer mon tableau Excel.

— Mon Dieu, quelle torture, sourit Mathieu. Je suis bien heureux de ne jamais avoir à faire ça dans mon boulot.

— Je trouve pas ça compliqué. En revanche, sollicite-moi pour repeindre des volets et je suis un peu près certain de mettre plus de peinture par terre que dessus.

— OK, je ne te demanderai jamais cela alors !

— Super ! On a un nouveau compromis dans notre couple, dit-il avant de redescendre d'un pas tranquille.

Une fois seul, Matt jeta un coup d'œil aux vieux radiateurs électriques qu'il avait. C'était un des anciens modèles de types grille-pain. Il ne l'allumait jamais, car il consommait trop et ne chauffait rien du tout.

Il rouvrit son ordinateur et songea qu'il pourrait faire un autre compromis pour Ben.

Mathieu avait dû changer de magasin, car celui où il achetait d'habitude n'avait aucun produit en stock. Ah ça, il s'en souviendrait. Être livré chez lui à un tarif exorbitant ou attendre plus d'une semaine et encore, les délais pouvaient être rallongés à cause du COVID, que la boutique en reçoive. Non, merci. Il voulait ses fenêtres maintenant. Finalement, il avait trouvé son bonheur ailleurs, il devrait faire un peu plus de kilomètres, mais peu importait. En ce lundi matin, il était seul sur la route et les vendeurs déposeraient les marchandises sur le parking, s'en irait et lui n'aurait plus qu'à charger.

De retour chez lui, il laissa les paquets dans la voiture. Vu l'heure, il n'aurait pas le temps de s'en occuper aujourd'hui. Et il n'avait toujours rien dit à Ben. Il craignait un peu sa réaction à vrai dire et il savait que ce n'était pas bon signe dans un couple. Lui qui effectuait de gros achats sans lui en parler et qui redoutait des remarques de sa part.

Et il en était le seul responsable. Il aurait pu être honnête avec lui, lui dire qu'il voulait retaper sa maison, qu'il se fichait de son avis, que c'était de toute façon son argent et que ça ne le concernait pas ou très peu. Au lieu de ça, il avait fait cela en cachette, comme s'il avait fait quelque chose dont il devrait avoir honte.

Alors, il se tenait là devant ses paquets sans savoir quoi faire.

— T'es rentré ? demanda Ben.

Mathieu referma les portes de sa kangoo rapidement, comme un enfant surpris en train de faire une bêtise.

— J'allais me faire un café, continua son compagnon. Tu en veux un ?

— Volontiers, répondit-il.

— Tu as été faire les courses pour le village ?

— Non.

— T'as fait quoi dans ce cas ? l'interrogea Ben en insérant une dosette dans la machine.

— J'ai été acheté du matos.

— Pour tes abeilles ?

— J'ai pris des radiateurs, finit-il par confesser, et des fenêtres pour en haut.

— Sérieux ? Tu vas les installer aujourd'hui ? Tu sais que je t'aime toi ?!! lança-t-il en le serrant dans ses bras avant de l'embrasser fougueusement.

— Euh, qu'est-ce qu'il t'arrive ? Non pas que ça me déplaise.

— Je meurs de froid, et je sais que ce n'est pas ton cas. Donc, si tu as acheté un chauffage, c'est pour moi non ?

— J'aurais pas que ça te ferait tant plaisir.

— Je vais avoir moins froid, et en plus, tu as pensé à moi. Et ça, ça veut dire beaucoup, sourit-il avant de poser doucement ses lèvres sur les siennes. Ça veut dire que tu tiens à moi, que tu t'intéresses à moi, que tu t'occupes de moi et que tu cherches mon bien-être. Que demander de plus ?

— Que je te l'installe avant d'aller dormir ? dit-il en riant.

— Si ça te prend pas trop de temps.

— Non, pour le radiateur électrique du moins, c'est assez simple et rapide. Changer les fenêtres, ce sera plus long. Je commencerai demain.

* * *

Matt allongé dans son lit n'arrivait pas à dormir malgré sa fatigue.

Il avait passé la journée à changer deux fenêtres, il lui en restait une qu'il ferait demain. C'était lui qui avait voulu le faire, et il était heureux de l'avoir fait. Mais il avait chaud. Trop chaud.

C'était stupide, il le savait. En été, les températures montaient bien plus. Alors pourquoi avait-il tant de mal à s'endormir ? Il avait rejeté les couvertures, le radiateur était réglé à dix-huit et son pyjama se composait d'un vieux T-shirt et d'un boxer. Donc, quel était son putain de problème ?

Il ne ressentait plus le courant d'air froid qui parcourait sa chambre. C'était ça ? C'était débile. Il entendait Benjamin roupiller à côté de lui, avec sa tête de bienheureux. Et il avait envie de le réveiller pour qu'il souffre avec lui des affres de l'insomnie. Oui, il avait un fond méchant lorsqu'il n'avait pas assez de sommeil.

Son compagnon avait été si content lorsqu'il avait fait les travaux. Il s'était couché, comme hier, ravi de ne pas avoir froid, et s'était endormi en à peine quelques minutes.

Excédé, Mathieu décida de se lever et d'aller dans la cuisine se faire un verre de lait chaud avec du miel. Il avait bien conscience de la contradiction. Il ferait mieux de boire un truc frais. Mais il s'en fichait, il avait envie du breuvage que lui faisait sa grand-mère lorsqu'il était malade. Est-ce que c'était cela qui n'allait pas ?

Non, réfléchit-il, il se sentait plutôt en forme. Certes, il s'inquiétait toujours de la vente de la maison. Mais maintenant, il maîtrisait cette tristesse envahissante qui le prenait quand il songeait qu'il allait quitter les lieux, et ce n'était pas ce qu'il ressentait.

À peine avait-il fait un pas au rez-de-chaussée, qu'il entendit Lancelot aboyer dans le salon. Il y alla rapidement, pour ne pas réveiller Ben.

— Alors, dit-il, tu montes bien la garde. C'est bien mon chien !

« Tu vas où ? Tu vas manger ? Tu vas manger, hein ? Je sais que tu vas manger ! » s'emporta-t-il en sautant sur son maître sans relâche.

« La ferme, Lancelot ! » marmonna Guenièvre en s'étirant sur son fauteuil un peu plus loin.

Elle s'approcha ensuite d'eux à son rythme, sans se presser. Non pas qu'elle souhaitait quitter son lit douillet, mais si ces deux-là manigançaient un truc ensemble, elle voulait être au courant. Et si à l'occasion, elle pouvait récupérer un petit bonbon, elle daignerait le manger.

— Venez avec moi à la cuisine, mais sans faire de bruit, murmura-t-il.

Se faisant, il coinça les portes au fur et à mesure qu'il les traversait. Il avait acheté des blocs assez lourds pour les maintenir ouvertes. L'hiver, les fermer était utile pour conserver la chaleur de la cheminée, mais en été, il préférait que les courants d'air gardent la maison au frais.

Dans la cuisine, il se servit un verre de lait qu'il mit à chauffer au micro-ondes. Et il cherocha les friandises de ses deux comparses sagement assis l'un à côté de l'autre sur le sol.

Il prit en premier une oreille de bœuf séchée pour Lancelot dont la queue frétillait. Celui-ci s'obligeait à rester immobile. C'est ce qu'il fallait faire pour obtenir sa récompense. Une fois qu'il l'eut en bouche, il partit s'installer sur le tapis à côté de la porte qui donnait sur le jardin. En mastiquant consciencieusement son souper de minuit.

— À toi, Guenièvre.

Celle-ci se releva, les oreilles aux aguets ne quittant pas Mathieu des yeux. Il secoua doucement le paquet de friandises, et le chat remua son bassin, il était l'heure de chasser.

Elle entendit le premier bonbon tomber à sa droite à environ deux mètres de là, il rebondit et elle fut dessus d'un seul mouvement. Elle l'avala en une bouchée et se rapprocha de Mathieu pour lui signifier qu'elle était prête. Le second se retrouva non loin de Lancelot, ses pattes s'élancèrent avant même qu'il n'ait eu le temps de toucher le sol. L'idiot était un rival dangereux dans ces cas-là. Heureusement qu'il était occupé ailleurs. Le dernier fila sous un meuble et elle dut se faufiler en dessous pour le récupérer.

— C'est bien, ma grosse ! s'exclama Matt. Regarde, ta queue est toute touffue ! Ça t'a plu, hein ? Allez, maintenant c'est mon tour, dit-il en saisissant son lait du micro-ondes.

Il attrapa un de ses pots de miel et en prit une énorme cuillère dégoulinante qu'il laissa fondre dans sa boisson chaude. Il touilla doucement, sentant le liquide presque virevolter de lui-même.

C'était apaisant. Le silence autour de lui, interrompu juste par le mâchonnement de Lancelot et les ronrons de Gwen. Il ouvrit la porte de la cuisine et respira l'air frais. Le ciel était couvert, il ne pouvait pas voir les étoiles. Il devrait s'y faire, en ville, il ne le pourrait plus jamais. Il y avait bien trop de lumières artificielles là-bas. Ici, en se concentrant un peu, il pouvait distinguer les formes des nuages.

Il rentra avant que Guenièvre n'ait eu le temps de se faufiler à l'extérieur. S'il ne vérifiait pas que la chatière était bien verrouillée à la tombée du jour, elle vivrait toute sa vie dehors.

Mathieu retourna s'installer contre l'évier, et commença à boire. Il sentait le sucre lui chatouiller les papilles. C'était une sensation familière qui remontait à la première nuit qu'il avait passée ici, sans ses parents. Antoine était encore très jeune, il avait toujours son lit de bébé et ne marchait même pas. Lui avait six ans et n'était pas tranquille à l'idée de dormir loin de sa mère et de son père. Il avait pleuré dans sa chambre sans faire de bruit. Mais sa grand-mère avait dû l'entendre et ils étaient descendus ensemble. Elle lui avait donné du lait chaud, y avait ajouté de son miel et elle lui avait proposé des REMS. Il en avait mis dans son bol jusqu'à ce que ça devienne une mixture informe. Mais seigneur, ce que c'était bon !

— Tu ne dors pas ? demanda Ben qui venait d'apparaître. Bon sang, j'ai bien fait d'enfiler un pull avant de descendre.

— Je me suis fait un verre de lait.

— Tu sais avec quoi c'est bon ? dit-il en s'appuyant à côté de lui. Je me souviens plus comment ça s'appelle, les gros biscuits carrés. J'en raffolais quand j'étais petit.

— Moi aussi, sourit-il.

— Je les cassais en deux, je les trempais dans le lait, jusqu'à ce qu'il soit juste sur le point de rompre et je les avalais d'un coup. J'en mettais toujours partout. Ça fait des années que j'en ai pas mangé.

— J'en achèterai en course la prochaine fois.

Lancelot ayant fini son oreille séchée s'approcha de Ben et s'assit face à lui, en le regardant sans cligner des paupières.

— On retourne se coucher ? proposa Matt. Avant que tu lui donnes encore une cochonnerie à bouffer.

— Je suis faible face à cette bouille ! admit Ben en caressant la tête du chien.

* * *

Benjamin s'était installé au salon comme à son habitude pour travailler. Il était en avance aujourd'hui. Pourtant, cela lui avait vraiment demandé un effort surhumain pour quitter son lit. Il s'y sentait tellement bien. Là, il avait l'impression que le froid lui piquait encore plus les os.

Il exagérait, il le savait. Il venait d'allumer le feu dans la cheminée. La chaleur allait vite monter, jusqu'à ce qu'elle redescende et qu'il doive remettre une bûche ou deux. Il aurait alors trop chaud, puis il aurait à nouveau froid. Et pourtant on était début avril, la météo s'était adoucie. Il commençait à y avoir des journées ensoleillées. Le printemps était là.

— Je vais aller poser la dernière fenêtre, lui dit Mathieu.

— Super, sourit-il en retour. Hey ! l'interrompit-il avant qu'il ne sorte. Tu en as pour longtemps ?

— La matinée. Pourquoi ?

— Tu crois, lança-t-il un peu gêné de demander, que je pourrais m'installer en haut après ?

— Dans le bureau ?

— Si tu veux bien… Maintenant, avec les travaux, il sera bien plus confortable.

— Bien sûr. Comme ça, je pourrais changer les fenêtres ici aussi, dit-il sans réfléchir.

— Tu peux agrandir celle-ci ? Comme une baie vitrée. Ça permettrait à la lumière de rentrer.

— La pièce est trop petite pour ça…

— Il suffit d'abattre le mur, il est pas porteur. Je le sais, j'ai tapé dessus une fois, ça sonne pas dur.

— Quoi ?!

— C'est pas comme ça qu'on fait ?

— Si…

— Ah, alors c'est trop de boulot, hein ?

— Eh bien…

— Parce que si tu tombes ce mur, ainsi que celui de la cuisine tu aurais une super pièce à vivre. Et la baie vitrée ferait magnifique, surtout avec la vue sur la terrasse, tu pourrais l'ouvrir l'été et ça donnerait l'impression d'être toujours dehors… Désolé. Je parle sans réfléchir, j'imagine pas le travail que ça peut être ni même combien ça va coûter… Oublie ce que j'ai dit.

— OK. Je monte et je m'y mets, si je veux finir ce matin.

Mathieu commença à housser les meubles pour ne pas les salir dans la chambre d'ami. Ce fut rapide, il n'y avait pas grand-chose. En fait, c'était la chambre d'Antoine avant que leur grand-mère ne meure, et il l'avait aménagé à son goût, c'est-à-dire en la vidant et en ne gardant qu'un lit, une table de chevet et une armoire.

Matt avait dû ranger tout ce dont il n'avait pas voulu dans les autres pièces et cela avait débordé dans la cave et le garage.

Il commença à travailler et laissa son esprit vagabonder. Il désirait remplacer les fenêtres du bas, oui. Mais l'idée de Ben ne lui plaisait pas. Il souhaitait entièrement changer sa maison, il ne la reconnaîtrait plus. Ce ne serait plus celle où il avait grandi. Pourquoi lui proposait-il ça ? Il faisait déjà beaucoup en ce moment, non ? Il avait réussi à trouver des fenêtres en bois, pour garder le charme de l'ancien. Et il en était très fier. Mais quelle idée d'abattre des murs ! Il espérait quoi ? Que sa maison ressemble à un appartement quelconque en ville ? Un loft de bourgeois parisien comme celui de ses parents ?

De toute façon, bientôt tu n'auras plus ton mot à dire, des inconnus y habiteront et ils feront bien ce qu'ils veulent. Et tu n'en sauras jamais rien.

Il s'était arrêté de bosser sans s'en rendre compte. Et cette pensée dérangeante lui fit reprendre le travail.

Au bout de la troisième fenêtre, il commençait à maîtriser la technique, et cela lui demanda beaucoup moins de temps que prévu. Il était content du rendu. Il n'avait plus qu'à enlever les protections et passer un petit coup d'aspirateur. Il faudrait également qu'il pose de l'enduit. Les murs s'étaient tous un peu abîmés, mais cela irait vite.

Il regarda l'heure et partit se laver les mains avant de descendre. Il fonça directement en cuisine pour remplir sa vieille cafetière d'eau et il la mit en route. Ce n'était pas aussi rapide qu'avec la machine à dosettes que lui avait offerte Ben pour Noël. Mais c'était plus écolo et meilleur à son goût. Il avait le temps après tout. Il attendit que la dernière goutte soit tombée pour verser le liquide chaud dans deux tasses et aller retrouver son compagnon dans le salon.

Celui-ci le regarda arriver des étoiles dans les yeux en voyant le café.

— Tu me sauves la vie, marmonna-t-il. Tu as terminé ? demanda-t-il après en avoir bu une gorgée.

— Presque. Plus que les finitions.

— Je peux aller jeter un coup d'œil ?

— Bien sûr !

— Alors je peux m'installer cet après-midi ? s'enquit Ben en toisant le bureau pour savoir s'il aurait suffisamment de place.

— Oui. Euh... Si tu veux, je te vide ce coin, proposa Mathieu en comprenant le problème.

— Tu crois que tu auras déblayé avant Noël ? plaisanta son ami en voyant le meuble encombré de papier, magazine et autres.

— Si tu me files un coup de main, suggéra Matt sans se fâcher.

— OK. J'ouvre la fenêtre et tu mets la benne en dessous et en cinq minutes c'est fait.

Mathieu rit tout bas.

— Je sais, dit-il. Je dois trier.

— Et là, je peux pas t'aider, soupira son compagnon. Je ferai que te ralentir, à demander « Je jette ça ? Et ça, on garde ? »

— Je suis désolé, tu pourras peut-être pas t'installer aujourd'hui. Je dois d'abord terminer de nettoyer la chambre d'Antoine ainsi que les finitions des murs. Ensuite, je m'y colle, promis.

— Pourquoi tu t'excuses ? Tu te rends compte du boulot que tu as fait ? J'en reviens déjà pas comment t'as bossé ! Et aussi rapidement !

— Oh, c'est pas grand chose, c'est quand même mon travail, tu sais.

— Joue pas les modestes ! C'est extra.

— Merci.

— Pourquoi t'es tout rouge ?

— C'est pas souvent qu'on me complimente, répondit-il gêné.

— Tu devras t'y habituer avec moi ! dit-il en ouvrant la fenêtre. Elle se referme nickel ? T'es au courant que dans mon appart, je dois forcer un peu à chaque fois.

— J'aime bien le travail bien fait.

— C'est ton père qui t'a montré comment faire ?

— Tu rigoles ? Il détestait ça. Il était rebuté par tous les travaux manuels. C'est mon oncle, côté maternelle, qui m'a appris tout ce que je sais.

Benjamin sentait que le sujet était sensible et il ne voulait pas le questionner, il préférait qu'il se confie de lui-même. Surtout qu'il avait assez mis les pieds dans le plat comme ça pour aujourd'hui et peut-être même pour toute l'année.

— Bon, finit-il par dire, je vais aller retourner bosser.

— Et moi, poser mon enduit.

* * *

Guenièvre sauta sur la fenêtre de l'établi et d'un mouvement preste, elle rejoignit le toit. Elle adorait cet endroit. Elle pouvait observer son territoire et même celui de Lul. Pendant longtemps, ce lieu a été son refuge, le trône où elle siégeait, où elle pouvait profiter du soleil, où elle dormait aussi parfois. Enfin, ça, c'était avant…

« *Gwen ! Descends !* »

Lancelot bondit contre le mur en contrebas.

« *Gwen, c'est dangereux !* »

Le chien continuait de vouloir la rejoindre, mais sans avoir son talent pour escalader les murs.

« *Gwen ! Le maître ne va pas être content ! Gwen !* »

La chatte essayait de l'ignorer dans la mesure du possible, mais c'est fou ce qu'il pouvait être persistant. La dernière fois, il était resté toute la matinée à lui gueuler dessus. Son regard fut attiré par un oiseau qui s'était posé sur un arbuste. Dommage, songea-t-elle, il était trop loin pour qu'elle l'attrape.

Ben, dans le salon, mit son casque sur son ordinateur. Cela devait faire dix minutes que Lancelot vociférait et ce n'était pas dans ses habitudes. Enfin si, mais pas comme ça. Il y avait toujours une raison, et ses aboiements étaient différents selon les situations. Il ne connaissait pas celui-ci et cela l'inquiétait. Il regarda par la fenêtre et le vit sauter contre le mur de l'établi. Il ne comprenait pas pourquoi.

Il se hâta donc pour sortir vers la cuisine.

Il remarqua alors cette saleté de chat narguer Lancelot tout en haut du bâtiment. Celui-ci s'approcha de lui à toute vitesse.

« *Ben ! Vite, Guenièvre est en danger ! Elle ne doit pas aller sur le toit.* »
Le chien repartit ensuite aussi rapidement qu'il était venu et recommença à sauter contre le mur.

« *Si tu crois que ce crétin va me faire descendre !* » lui jeta-t-elle, en s'installant plus confortablement encore.

— Hé ! L'envoyée du diable ! s'écria Ben. Je pense pas que t'es le droit d'être là.

« *Cause toujours.* »

— Allez, Gwen descend.

« *Même pas en rêve !* »

— Gwen ne m'oblige pas à me fâcher !
La chatte s'allongea sur le dos, en étirant ses pattes vers le ciel.

— Je vois que je suis crédible, soupira Ben.

— Qu'est-ce qu'il se passe ? demanda Mathieu sur la porte de la cuisine.

— Guenièvre est sur le toit et Lancelot devient dingue. T'as fini en haut ?

— Non, répondit-il en s'approchant, mais il est l'heure de faire à manger. Je suis même en retard. GWEN ! cria-t-il. DESCENDS.

« *Sérieux, l'humain ?* » miaula-t-elle en se redressant.

— Allez, descends.

« *Tu exagères* », soupira-t-elle en posant ses pattes sur les premières tuiles.

— Ne fais pas semblant de traîner, je te connais.

« Ouais, beh je vais à mon rythme. Et je n'irai pas plus bas », trancha-t-elle en s'installant sur le rebord de la fenêtre.

— C'est bien ma grosse, dit-il en l'embrassant.

« Gwen, tu sais que t'as pas le droit de monter »

« Ne me parle pas, sale traître. Et toi, l'intrus, tu vas me le payer. »

— Comment tu fais pour qu'elle t'écoute ? demanda Ben.

— J'en sais rien. Ça s'est fait comme ça.

— Ouais, bon. Vu l'heure, plus la peine de retourner bosser.

— Tu peux aller t'installer dans le bureau, si tu le souhaites.

— Vraiment ? s'exclama Ben surpris.

— Oui, je l'ai vidé. Et j'en ai profité pour passer un coup de chiffon, il y avait une tonne de poussière.

— J'y vais tout de suite ! sourit-il ravi en courant presque jusqu'au salon.

Matt secoua la tête, il ne lui fallait pas grand-chose pour être content. En même temps, il est vrai qu'avoir un endroit à soi, où l'on se sentait bien, était fondamental. Pour les prochains jours, voire les prochains mois, cette demeure serait aussi la sienne. Il voulait que l'homme qu'il aime soit heureux.

Il regarda sa montre et se dit qu'il n'allait probablement pas avoir le temps de faire le repas. Il se hâta donc vers la cave sans prendre garde qu'une boule de poils noirs, venait d'entrer dans la maison également.

« Gwen ! Attends ! »

* * *

— C'est super bon ! s'exclama Ben.

— J'avais pas le temps, alors j'ai dû improviser.

— Donc toi, quand tu n'as pas le temps, tu fais une ratatouille ?

— Non, ça, c'est un bocal de madame Giradaux. Elle me l'avait donné le mois dernier.

— Elle est sympa. Elle a quel âge ? Elle est au courant que tu es en couple ? Et avec un homme de surcroît ?

— T'es jaloux ? sourit Matt. Alors, sache que madame Giradaux a

55 ans, deux enfants à la fac, un mari qu'elle adore et que je lui ai débouché ses canalisations.

— Je vais t'appeler le bon samaritain. En tout cas, tu lui diras qu'elle cuisine super bien.

— Ça lui fera plaisir.

— Elle est du village ?

— Oui, c'est la maison avec le haut vent à côté de l'école.

— J'ai pas la moindre idée d'où ça se situe.

— Faudra tout de même que tu fasses un tour, les gens commencent à se plaindre qu'ils ne t'ont jamais vu.

— Pardon, quoi ?! questionna-t-il.

— Bah, oui. Ils se demandent pourquoi ils ne t'ont pas encore rencontré, ils vont croire que tu les snobes.

Benjamin ne comprenait pas pourquoi il devrait aller faire un tour dans ce bled paumé pour discuter avec des gens dont il se fichait et qu'il ne reverrait probablement jamais.

— Tu sais avec le confinement...

— Une fois que ça se sera un peu calmé, je te présenterai quelques-uns de mes potes et des habitants du village.

Cette fois, Ben avala avec difficulté ce qu'il avait en bouche. Mathieu avait rencontré tous ses copains, ainsi que ses parents, mais lui, ne connaissait aucune des personnes de sa vie. Alors il se sentait stupidement nerveux, c'était un grand pas en avant.

— J'en serai ravi, dit-il finalement.

Après manger, les deux hommes débarrassaient la table. Pendant que Ben faisait la vaisselle comme convenu, Matt retourna passer un coup de chiffon sur la nappe et ranger la carafe d'eau. Il repensa à la suggestion de son conjoint.

Il est vrai que ce serait plus pratique pour aller du salon à la cuisine s'il n'y avait pas de mur. Sans compter qu'il avait toujours désiré la refaire, comme tout le reste. Non pas qu'il aimait particulièrement cuisiner, mais elle n'était pas vraiment fonctionnelle ni très grande et son idiot de four brûlait son pain.

Il ne voulait pas changer cette demeure, mais il voulait aussi lui rendre la beauté qu'elle méritait.

— À quoi tu penses ? demanda Ben.

— À comment aménager le bas.

Son compagnon s'essuya les mains.

— Vraiment ?

Ben se mordit la lèvre pour ne pas lui reproposer de faire tomber les murs, cela ne le regardait pas. Il le lui avait déjà suggéré une fois, il avait refusé ; très bien. Il s'arrêtait là. Évidemment, si c'était leur chez eux, ce serait différent. Il aurait son mot à dire.

— Tu te souviens... L'idée que tu as eue, continua Mathieu, j'ai calculé. Ça reviendrait très cher et ça me prendrait vraiment beaucoup de temps...

— C'est pas une bonne idée alors. J'ai pas envie de te faire dépenser énormément sans être sûr que tu rentres dans tes frais. On pourrait peut-être se contenter de peindre en blanc les murs ? Je suis certain de pouvoir te donner un coup de main avec ça ce week-end.

— Oui, on devrait enlever tout le papier peint d'abord, passer de l'enduit ensuite...

— Et si l'on finissait déjà l'étage ? trancha Ben. Peut-être, désencombrer un peu ta chambre.

— Super idée. On s'attaquera au rez-de-chaussée plus tard... Je sais que j'ai un problème et que je n'aime pas jeter les choses.

— Ah oui ! Je confirme.

— On pourra la retaper par la même occasion. En attendant, on peut squatter celle d'Antoine.

* * *

Ben remonta en sifflotant jusqu'à son bureau presque tout neuf. Les meubles étaient vieux, mais cela lui était égal, ça ne le gênait absolument pas pour travailler. Il n'y avait que la chaise qui lui faisait mal aux fesses. En plus, désormais il aurait chaud et il n'aurait plus besoin de s'occuper de la cheminée et surtout, il ne ressentirait plus de courant d'air sur la nuque.

Lorsqu'il arriva sur le palier, il fut surpris de voir la porte entrouverte. Il était pourtant certain de l'avoir fermée après avoir allumé le chauffage pour ne pas que la chaleur s'enfuie.

Il entra et s'arrêta aussitôt.

— Qu'est-ce que tu fous là, toi ?

Gwen était installée sur le clavier de son portable, allongée de tout son long, et elle ne semblait absolument pas décidée à bouger.

« T'as pas voulu que je reste sur le toit, et bien voilà, j'y suis pas sur le toit. »

— Allez, je dois bosser ! File de là !

Benjamin s'approcha pour la prendre et la faire descendre, avant de reculer lorsqu'elle se mit à feuler.

« Même pas en rêve, tu me touches. »

— Très bien, démon de l'enfer, tu ne me laisses pas le choix. MATHIEU !

Celui-ci qui jouait un peu avec Lancelot à l'extérieur remonta en courant, se demandant s'il y avait un quelconque problème.

— Qu'est-ce qui…

Il s'interrompit en entrant dans le bureau en remarquant son chat confortablement installé sur l'ordinateur de Ben.

— Tu vois qu'elle t'apprécie ! s'enthousiasma-t-il.

— Elle m'a feulé dessus ! rétorqua son amant.

— C'est parce qu'elle est bien là où elle est. Et elle n'irait pas sur ton portable si elle ne t'appréciait pas. Elle est très sensible aux odeurs.

« À force, je commence à m'habituer à sa présence, c'est tout. »

— Je suis pas convaincu, soupira Ben.

— Allez, vient ma grosse, dit Matt en l'attrapant.

« Tu veux pas me laisser vivre ma vie un peu ? »

Elle était moins fâchée qu'elle ne devrait l'être d'être dérangée ainsi, car son humain lui faisait des gratouilles dans le cou et des baisers sur la tête.

Benjamin s'assit en soupirant, il ne faisait pas de progrès avec Gwen et cela l'embêtait beaucoup. Depuis le temps qu'il venait régulièrement, il aurait cru qu'elle se serait adoucie, surtout maintenant qu'ils étaient tous constamment ensemble.

— Où est Lancelot ? demanda-t-il en réalisant qu'il ne réclamait pas de caresses alors que Gwen était dans les bras de son maître.

— Il n'a pas le droit d'être ici.

— Le pauvre.

— Réveille-toi dans un lit plein de poils, voire troué et/ou avec du pipi et où il prendra toute la place, tu changeras vite d'avis.

— Mais je trouve ça injuste. Gwen peut monter elle.

— Ce n'est pas la même chose. Tu vas tout de même comparer les deux ?! Un chien a besoin de règle et de limite. Ne leur donne pas de sentiment humain, ils ne pensent pas comme nous.

« Pour ce qui est de Lancelot, c'est sûr, il ne pense pas du tout. Allez, c'est l'heure de ma sieste. »

Elle descendit d'un bon des bras de Mathieu, et sortit de la pièce d'un pas assuré, la queue droite à l'extrémité recourbée.

— Je suis tout de même étonné, ajouta son maître, qu'elle soit montée pour s'installer sur ton ordi. Depuis que tu es là, c'est la première fois que tu la vois en haut, non ? Elle est comme toi, elle préfère squatter près de la cheminée. Alors, peut-être qu'elle s'est habituée à toi et a envie que tu restes à côté d'elle.

— Ou bien elle voulait juste me faire chier en m'empêchant de bosser.

— Naaaan, sourit-il. C'est un chat, pas une envoyée de l'enfer. Bon allez, je vais vider notre chambre pour la retaper.

Ben loupa un petit battement de cœur, en l'entendant dire « notre ».

Matt sortit et s'arrêta sur devant l'escalier où Lancelot attendait sur la première marche.

« Tu reviens jouer ? »

Son maître eut de la peine en le voyant ainsi remuer de la queue, l'air impatient. Mais il avait encore du travail. Il entra dans la pièce et s'arrêta en remarquant Gwen roulée en boule sur le lit.

— En fait, dit-il en la caressant, ce que tu aimes, c'est la chaleur qu'il y a en haut maintenant. Toi aussi, ça te plaît les nouveaux radiateurs ? J'ai eu une bonne idée, hein ? Mais désolé, tu vas devoir aller dormir ailleurs. Je te promets de refaire le bas également pour que vous vous y sentiez tous bien, dit-il en la posant au sol.

« Cette fois, je suis fâchée. Lance, tu viens ? On sort, » dit-elle en descendant les escaliers.

« Trop bien ! On va promener ? »

« *On va voir Lul. J'espère que mon sushi sera là* ».
Lancelot n'était pas sûr de comprendre, mais il la suivit à travers la porte de la cuisine que son maître avait laissée ouverte.

* * *

— Mathieu ?
— Oui ?
— Bonjour, c'est Monsieur Senderi
— Ah, comment allez-vous ?
Étonné, Matt se demanda bien ce que son patron lui voulait. Il ne l'avait jamais appelé personnellement.
— Bien, bien, merci. Je vous téléphone, car j'aurais besoin que vous veniez.
— Qu'est-ce qu'il se passe ?
— J'aimerais profiter du confinement pour retaper certaines chambres notamment, et des travaux à droite à gauche, rien d'important, mais qu'il faudrait faire.
Oui, Mathieu voyait très bien de quoi il voulait parler, cela faisait des mois que les femmes de ménage se plaignaient, ainsi que les cuistots de problèmes de matériel.
— Je vous écoute, se contenta-t-il de dire.
— Je pense en particulier à la salle de bains de la 108 qui a un carrelage abîmé, la chambre 234 a les rideaux qui coincent... Enfin, je vous donnerais la liste lorsque vous serez là avec vos hommes.
— Vous n'envisagez pas de réparer l'évier de la cuisine qui fuit par hasard ?
— Ce n'est pas urgent.
— Ni la salle de pause des femmes de ménage qui ne ferme plus ? Plusieurs de leur chariot ont également du mal à rouler, il me semble, et il faudrait...
— Écoutez, je vous entends. Malheureusement, mes finances sont limitées et il ne m'est pas possible de tout faire cette année... Mais je prévoirai une ligne de dépense pour cela lorsque l'on clôturera le

budget suivant.

C'est, étrangement, ce qu'il lui dit chaque fois qu'il lui demande de l'argent pour remplacer ses outils. Il n'avait pas envie d'y retourner, mais il n'avait pas vraiment le choix…

— Je vous attends donc demain ?

— Un instant, j'aimerais savoir quelles mesures vous avez mises en place pour lutter contre la COVID.

— Comment cela ? s'enquit son patron d'un ton qu'il sentait énervé.

— Avez-vous des masques ? Du gel hydroalcoolique ?

— Mais vous ne serez que cinq !

— Cela ne change rien. Nous avons des familles, des proches, et nous ne voulons mettre aucun des nôtres en danger.

Il entendit son interlocuteur trifouiller son appareil.

— Vous ne pouvez pas vous débrouiller pour trouver quelque chose ?

— Quoi ?! s'exclama Matt. Il n'y a aucun masque nulle part, comment voulez-vous que j'en aie ?

— Alors pourquoi voulez-vous que moi j'en aie ?

— Parce que c'est vous le patron et c'est vous qui me demander de revenir travailler. Je ne sais même pas pourquoi d'ailleurs. Comme vous dites, il n'y a rien d'urgent qui ne puisse attendre la fin du confinement.

— Parce que c'est le moment idéal pour ça comme je vous l'ai expliqué.

Mathieu ne comprenait pas. Certes, l'hôtel était déserté, mais ce n'est pas cela qui dérangeait d'habitude. Il y avait toujours des périodes de vide où certaines chambres n'étaient pas louées et c'était à ce moment-là qu'ils faisaient les réparations. Puis, la lumière se fit dans son esprit.

— Est-ce que c'est un moment idéal, demanda Matt, parce que nous sommes au chômage ?

— Eh bien, commença son patron gêné, vous savez dans quelle difficulté se trouve notre entreprise…

Non, je sais que tu la gères comme une merde, mais c'est souvent le cas avec les fils à papa qui héritent et se croient tout permis.

— Donc, vous voulez qu'on travaille tout en nous déclarant au chômage.

— Je suis content que vous compreniez...

— Non. Je ne retournerai pas bosser dans ces conditions. Je ne risquerai pas ma santé ni celle de mes hommes, ou même un accident qui est toujours possible, c'est déjà arrivé. Et dans ce cas, nous serions foutus !

— Je regrette, mais vous n'avez pas le choix.

— Alors là, j'en doute.

— C'est simple, soit vous venez comme je vous l'ordonne, soit vous serez le premier sur la liste des licenciements économiques que je vais bientôt mettre en place.

— Parfait. Faites donc ça, moi je contacterai l'inspection du travail.

Mathieu raccrocha aussitôt. Il s'assit sur le lit, ou plutôt il tomba dessus sur le cul et passa sa main sur son visage. Il allait être renvoyé. Bien sûr, il pouvait faire un scandale. Contacter l'inspection comme il l'avait dit. Mais elle n'en aurait probablement rien à foutre, parce qu'il n'y avait aucune preuve, prendre un avocat, lui coûterait une fortune sans que rien ne change. Il serait viré tout de même. Il ne devait pas se faire d'illusion là-dessus. Le plan de licenciement économique, ça faisait un moment que la rumeur courait dans la boîte. Chacun y allait de sa petite spéculation. Lui n'avait jamais vraiment été inquiet. Il travaillait bien, s'entendait bien avec tout le monde et réalisait le boulot de deux employés. Et voilà.

Il ouvrit son téléphone et envoya un message groupé.

SALUT, L'ÉQUIPE ! JE VIENS DE RACCROCHER AVEC
LE CHEF, IL VOULAIT QU'ON AILLE BOSSER SANS
MASQUES ET EN ÉTANT TOUJOURS PAYÉ AU CHÔMAGE.
J'AI REFUSÉ, VOUS VOUS EN DOUTEZ. RÉSULTAT, IL ME
MENACE DE ME VIRER AVEC LE PLAN ÉCONOMIQUE.

Il hésita, il avait envie d'aller voir Ben, de tout lui raconter. Pourtant, il restait là, assis comme un con. Il n'en avait pas la force.

Se retrouver au chômedu à quarante ans. Ça craint.

Son téléphone sonna.

C'EST QUOI CE CONNARD ? DIS-MOI QUE
TU VAS LE FOUTRE EN JUSTICE ?!

Théo, l'apprenti, a un tempérament emporté, il lui avait dit plus d'une fois qu'il devait apprendre à se tenir.

ON DOIT RESTER SOLIDAIRE, QUE PERSONNE NE CÈDE
À SON CHANTAGE. IL POURRA PAS TOUS NOUS VIRER.

Jennifer, elle pensait toujours au bien-être de chacun.

POUR L'INSTANT, T'ES PROTÉGÉ AVEC LA COVID ET
LES ANNONCES GOUVERNEMENTALES, C'EST DÉJÀ ÇA.
APRÈS IL FAUT QU'IL METTE EN PLACE LE PLAN DE
LICENCIEMENT ÉCONOMIQUE, ÇA SE FAIT PAS COMME
ÇA. ET RIEN NE DIT QU'IL CHANGERA PAS D'AVIS ENTRE
TEMPS. ENSUITE, T'AURAS LE DROIT AUX CHÔMAGES. T'ES
TRANQUILLE UN BON MOMENT DANS LE PIRE DES CAS.

Et Elliot, toujours un mot pour remonter le moral.

MERCI. EXCUSEZ-MOI SI JE NE VOUS RÉPONDS PAS DE
LA JOURNÉE, JE DOIS ENCAISSER LA NOUVELLE. J'AI
BESOIN DE DÉCOMPRESSER ET DE RÉFLÉCHIR.

Matt se laissa aller en arrière. Il était fatigué. Il luttait pour maintenir son équilibre psychique à flot depuis ce qui lui semblait être des années et il venait de se prendre un nouveau coup. Qu'est-ce qu'il allait bien pouvoir faire ? Il allait perdre sa maison et son boulot. À quarante ans, il avait l'impression d'avoir foiré sa vie. Il posa ses paumes sur ses paupières. Il n'était plus un gosse, il n'allait pas se mettre à chialer.

Il avait eu raison d'envoyer chier son patron, cela ne voulait pas dire qu'il se sentait mieux pour autant.

* * *

Guenièvre avançait à pas sûr jusqu'à la frontière du territoire de Lul. À côté d'elle, Lancelot réalisait des allers-retours, se décalait vers la droite, se faisait dépasser, courait pour la rejoindre, partait à gauche renifler une piste et la rattrapait à nouveau en galopant. Jusqu'à ce que la chatte s'assoie sur le rebord de la prairie. Les fleurs mirent un peu plus de temps que d'habitude à lui montrer le passage. Ce qui inquiéta Gwen.

Elle retrouva donc son ami avec prudence. Elle fut étonnée de la voir rire de bon cœur avec une tête de poisson qui ressortait d'une flaque d'eau. Les oreilles du félin se placèrent en arrière, ses yeux s'agrandirent, elle se baissa près du sol, sa patte en avant doucement se posa, suivie par le reste de son corps. À un rythme très lent, elle avançait vers sa proie. Ce sushi allait finir dans sa gueule, de quel droit venait-il chez elle, lui voler son amie.

— Lul, Al ! On est là pour vous voir ! s'exclama Lancelot en bousculant presque Guenièvre au passage.

Bon, songea-t-elle, sa tentative avait échoué. Elle se releva et mit un coup de patte à cet idiot de chien avant d'aller s'asseoir face à Lullaquim.

— Comment allez-vous, mes enfants ?

— Très bien, merci, dit Lance qui faisait visiblement un effort pour paraître calme et sérieux devant son hôte. Et vous, Al, comment allez-vous ?

— Je vais bien également, cela m'a pris plus de temps que prévu pour rejoindre cette beauté, dit-il en regardant Lul qui éclata de rire.

— Quel charmeur ! répondit-elle.

— Tu peux me tutoyer, Lancelot.

— Est-ce que cela ne serait pas un manque de respect ? s'enquit le chien. Je ne veux pas manquer de… euh… considération, dit-il fièrement.

— Pas du tout, mon ami, sourit la naïade. Tes efforts me touchent. Parle-moi normalement, et si tu dis quelque chose de blessant je ne t'en voudrais point. Je sais qu'il n'y a rien de méchant dans tes paroles.

Guenièvre ouvrit la bouche en rond, fit remonter la boule de poil qui la gênait et la recracha au sol.

— Je te donne envie de gerber ? s'enquit Al vexé.

— Non, tu me donnes faim, répondit-elle du tac au tac.

— Ne dit pas de bêtises, Gwen. Al est mon invité, comporte-toi bien avec lui.

— Je vois que je suis de trop, je préfère encore rentrer, lança-t-elle avant de repartir majestueuse.

— La promenade est déjà finie ?

— Tu peux rester si tu veux.

— Non, répliqua Lancelot sentant bien que son amie était énervée. On va faire une sieste dans le jardin ? proposa-t-il pour lui remonter le moral.

— L'herbe est toute mouillée.

— Dans le salon ?

— La cheminée n'est pas en route.

— Dans l'établi ?

— Non, c'est pas confortable.

— Où alors ?

Gwen ne répondit pas, elle n'en avait pas la moindre idée. Elle n'était même pas certaine d'avoir envie de dormir. Elle était juste de mauvaise humeur.

* * *

Ben n'entendait plus son homme travailler depuis un moment, il se demandait ce qu'il se passait. Avait-il fini de vider la chambre ? Il se leva, il avait le temps de prendre une petite pause. Il s'étira, le bureau était très bien, mais décidément la chaise était vieille et pas confortable pour deux sous. Il pourrait peut-être s'en acheter une nouvelle...

Dans la pièce d'à côté, il vit Matt sur le lit, le bras à travers ses yeux. Il ne fallait pas être grand sorcier pour savoir que quelque chose n'allait pas.

— Hey, ça va ? dit-il en s'asseyant à ses côtés.

— Je vais me faire virer, murmura-t-il.

— Merde ! Ton hôtel va fermer ? Définitivement, je veux dire ?

— Non.

— J'ai cru, vu comment tu m'en parlais... Alors quoi ? l'interrogeat-il en notant que Matt ne s'expliquait pas.

— Mon connard de patron m'a demandé d'aller bosser tout en étant au chômage et sans nous filer de masques. J'ai dit non.

— IL A PAS LE DROIT DE TE VIRER POUR ÇA !!!!

— Je sais, il le sait aussi. Mais à la rentrée, un plan de licenciement économique va être mis en place. Alors, il m'a laissé entendre que j'allais y passer.

— Merde.

— Comme tu dis.

— Tu vas faire quelque chose ?

— Comme l'attaquer en justice tu veux dire ? Non, ça servirait à rien. J'ai pas de preuve.

Guenièvre entra dans la pièce, elle avait senti dès qu'elle avait posé un coussinet dans la maison que Mathieu n'allait pas bien. Elle avait espéré que c'était dû au départ de l'intrus, mais visiblement, ce crétin était encore là.

« *Hey, qu'est-ce que t'as mon humain ?* » miaula-t-elle en mettant sa patte sur son genou.

Matt sourit et la prit sur lui. Aussitôt, elle frotta sa tête contre lui, puis se colla contre son oreille et ronronna. Il n'y avait rien de tel pour l'apaiser.

« *Ça va aller, je suis là.* »

— Elle vient me voir chaque fois que ça ne va pas, expliqua Mathieu en enfouissant sa tête dans son pelage. J'ignore comment elle fait, mais elle le devine toujours.

— Je suis jaloux, répondit Benjamin.

— Tu sais bien que tu es numéro dans mon cœur, sourit son homme.

— Non, je veux dire, moi aussi, je veux des câlins de cette sorcière…

« *Alors là, tu rêves.* »

— Hey ! s'exclama Matt. Je pourrais me vexer, mais je comprends, les câlins de Guenièvre sont vraiment magiques.

« *Maître ! Qu'est-ce qu'il se passe ? On nous attaque ?* »

— Lancelot, t'as pas le droit d'être ici, marmonna celui-ci sans grande conviction.

« C'est l'heure des papouilles ? Super ! »

Le chien sauta sur les jambes de Ben et lui fit une petite léchouille avant d'approcher sa truffe de son amie.

« C'est pas le moment ! Je travaille, moi ! »

« Mais Gwen… »

« Plus tard, je dois le réconforter, » lui expliqua-t-elle en mettant un nouveau coup de tête à Mathieu.

Lancelot allait rétorquer lorsqu'une gratouille derrière l'oreille le fit taire.

— On dirait que tu es jaloux, hein ? Mais toi aussi, tu as le droit à tes papouilles.

— Bon, assez traîner ! s'exclama Matt en reposant Gwen sur le sol. On va pas y passer la journée.

« Tu vois, Lance, j'ai bien consolé l'humain. Il va déjà mieux »

« Tu es un bon chat Gwen ? »

« Tu veux mourir ? »

Ben fit la même chose à propos de Lance, avant de se permettre un conseil.

— Écoute, dit-il, pour l'instant rien est fait, et franchement, au vu de ce qu'il se passe en ce moment… Va savoir de quoi sera fait l'avenir. Je te propose qu'on s'inquiète de ton possible licenciement, quand il se présentera. OK ?

— Ça me va, répondit Mathieu en se forçant un peu à sourire.

— Je retourne travailler, ça ira ?

— Oui, ne t'en fais pas. J'ai de quoi faire. D'ailleurs, je dois aller voir les petits vieux s'ils n'ont besoin de rien, je vais leur faire les courses demain.

— T'as vraiment le cœur sur la main ! dit Ben avant de l'embrasser.

✳ ✳ ✳

Mathieu avait récupéré cinq listes de courses à faire pour des personnes en difficulté dans le village. Ce n'était pas beaucoup. Il faudrait qu'il retourne voir les autres pour être certain qu'ils allaient bien. Son téléphone sonna alors qu'il finissait de passer en caisse.

— Matt ? Comment vas-tu ? C'est Mustapha, pour la vente de la maison, tu sais…

— Oui, bien sûr. Ça va, et toi ?

L'apiculteur sentit un poids tomber sur son estomac.

— Très bien écoute. J'ai un couple de personnes de citadin plutôt jeunes, qui seraient intéressées pour visiter ta maison. Il est vrai qu'en ce moment, c'est compliqué avec tout ce qu'il se passe…

— Effectivement, dit-il en sautant sur l'excuse qu'il lui offrait.

— Est-ce que tu serais d'accord pour qu'ils visitent, s'ils prennent certaines précautions bien sûr, comme porter des masques ?

— Non, désolé. Je ne suis pas à l'aise avec cette idée. Surtout que je fréquente des personnes à risque, je me sentirais mal s'il leur arrivait quoique ce soit par ma faute…

— Je comprends. J'ai entendu dire que tu apportais des courses aux gens âgés de ton village. Il serait possible de faire cela par visioconférence…

Mathieu retenu sa respiration, il n'avait pas pensé à cette possibilité.

— Mais les acheteurs sont plutôt réticents à cette idée.

— Je comprends, dit immédiatement le vendeur. Ce n'est pas le genre de chose qu'on peut faire à la va-vite.

— Par contre, je suis désolé, je ne peux pas t'assurer qu'ils voudront encore l'acquérir dans quelques mois, ou même quelques jours…

— C'est un risque que je vais prendre, Muss.

— Très bien. C'est toi qui vois, mais j'ignore quand j'aurai un autre acheteur. Dans tous les cas, je reste sur le qui-vive et je te recontacte dès que j'ai du nouveau.

Matt raccrocha et se demanda s'il devait en parler à Ben.

* * *

Installé le soir même à table. Mathieu trifouillait sa nourriture sans vraiment la manger. Il était soulagé de ne pas avoir à vendre sa maison tout de suite, inquiet de perdre son boulot et mal foutu, car il avait appris que madame Lenis venait d'être hospitalisée. À son âge, peu de monde croyait en son retour chez elle.

— Ça va ? lui demanda Ben.

— Oui, oui.

Le gestionnaire regarda son homme mettre une fourchette à peine remplie dans sa bouche et recommencer à jouer sa purée.

— Tu peux me parler, tu sais. C'est ce qu'on fait en général quand on est en couple.

— Ça va, je te dis.

— Non, ce n'est pas le cas. Tu es toujours inquiet pour ton boulot ?

Matt soupira.

— C'est normal, poursuivit Ben en se resservant. Tu veux qu'on discute d'autre chose ? finit-il par lancer en voyant que le silence continuait de peser entre eux.

— Désolé, je ne suis pas de très bonne compagnie ce soir. Je vais aller promener Lancelot plus tôt aujourd'hui.

« *Promener ?* »

— Attends cinq minutes et je viens avec toi…

— Non, c'est bon, dit-il en débarrassant son assiette. Je ferai la vaisselle en rentrant, ne t'en occupe pas.

Mathieu ressentait le besoin de sortir, de prendre de l'air. Ce confinement commençait à l'étouffer bien qu'il se sache parmi les plus chanceux. Il avait son extérieur, son potager, ses animaux, son amoureux auprès de lui. Et pourtant. Cela lui portait sur les nerfs. Cela et probablement tous les problèmes qui s'accumulaient dans sa vie.

Benjamin débarrassa alors qu'il écoutait Lancelot aboyer dehors. Il était conscient que Matt traversait une mauvaise passe, il devait être patient avec lui. Mais c'était difficile. Surtout lorsqu'il se renfermait ainsi. Comment pouvait-il l'aider ? Comment pouvait-il le soutenir s'il refusait de lui parler ?

Il entendit Gwen sauter sur la table, elle reniflait la nourriture laissée presque intacte par son maître.

— C'est pas le moment, sorcière. Je suis occupé, dit-il en étirant sa main pour attraper l'assiette.

La chatte posa alors ses coussinets sur son bras, doucement, tendit sa patte et avec délicatesse la mit sur la joue de Ben.

« Me dis pas que je vais avoir un deuxième humain à secourir ? J'ai assez de boulot avec l'autre, donc reprends-toi. »

Elle redescendit aussitôt et se faufila hors de la pièce.

— Hey, sourit-il heureux, je fais enfin des progrès ! À ce rythme, j'arriverai à la caresser l'année prochaine.

Il partit en direction de la cuisine en sifflotant.

* * *

Une semaine s'écoula ainsi, puis une autre. La chambre était finie. Mathieu avait enlevé tout le papier peint, refait les murs et appliqué une couche de peinture blanche. Et il avait réussi à se débarrasser de la moitié de ses affaires, dont certaines dataient de son adolescence. Ben était enchanté du résultat. Il n'avait cessé de compliquer son amant sur la qualité de son travail, celui-ci disait que ce n'était pas grand-chose, mais il était tout de même ravi que son boulot soit apprécié.

Ensuite, il s'était attaqué au bureau. Il avait besoin de s'occuper, sinon il deviendrait fou. En attendant, Ben s'était incrusté dans leur chambre et cela n'avait pas semblé le gêner le moins du monde. Il avait au contraire négocié l'achat d'un nouveau bureau et d'une chaise ergonomique à son job et avait prévu de l'installer dès que la pièce serait prête.

Et Mathieu avait fini hier. Ben allait monter ses meubles tout seul, il avait insisté. Ce dernier se sentait déjà assez mal de l'avoir laissé faire tous les travaux sans l'aider. Il voulait surtout se prouver à lui-même qu'il n'était pas incompétent avec ses mains.

Il avait à nouveau envisagé de retaper le rez-de-chaussée, comme Ben lui avait suggéré. Juste pour s'occuper. Mais le budget était conséquent et il ne pouvait se le permettre s'il allait être renvoyé. Ce ne serait vraiment pas raisonnable. Surtout qu'il n'était pas certain que cela ferait monter le prix de vente de sa maison et qu'il pourrait bénéficier d'un retour sur investissement.

Alors aujourd'hui, il allait prendre soin de ses abeilles. Il avait prévu de créer de nouveaux essaims cette année avant qu'il ne décide de déménager. Il avait acheté ce qu'il fallait l'année dernière à un apiculteur qui prenait sa retraite. Il avait récupéré plusieurs ruches en bon état et d'autres qui devraient être retapés.

Il avait déjà tout ce dont il avait besoin, et cela ne lui coûterait rien. Juste du temps, et c'est exactement ce qu'il avait à revendre. Un de ses amis apiculteurs, en qui il avait confiance, allait lui donner des reines en échange de plusieurs des siennes. Il pourrait ainsi avoir un nouveau matériel génétique.

En attendant, il allait devoir préparer l'arrivée des faux-bourdons en plaçant un cadre spécial. Il pourrait alors, dans deux mois, prendre la reine actuelle de la ruche pour forcer les ouvrières à sélectionner des larves qu'elles nourriront de gelée royale. Il en donnera une partie à son ami, lui fera de même. Il n'aura plus qu'à les mettre dans un essaim spécifique composé uniquement de travailleuses qui seront ravies d'avoir des bébés reines à élever.

Par contre, il devra être vigilant à emprisonner chacune de ses larves. Sinon, une fois éclos, la première reine irait détruire ses consœurs.

Et pour finir, il leur présenterait leur prétendant.

De quoi l'occuper plusieurs jours tout au long de l'été... C'était parfait.

Et il était temps aussi qu'il entretienne son potager, retourner la terre, planter des graines, les semis qui attendaient dans la serre... Il aurait de quoi faire, il devait avoir de quoi faire.

* * *

Benjamin discutait avec sa collègue sur Team avec ses écouteurs. Il ne remarqua donc pas son entrée. Il faut dire qu'elle était de nature discrète. Ainsi, il sursauta lorsqu'il vit une forme sombre sauter sur son bureau. Son cerveau mit quelques millièmes de seconde pour comprendre qu'il s'agissait de Gwen.

— Qu'est-ce que tu fais là toi ? dit-il. Désolé, Laetitia, dit-il aussitôt à sa collègue dont il constatait la surprise sur l'écran.

« *Je m'ennuie.* »

La chatte passa devant lui et repassa, jusqu'à s'asseoir sur son clavier.

— Non, mais c'est pas vrai ! Tu vas tout me détraquer !

« *Oui, je viens de te dire que je m'ennuyais.* »

— Elle est trop belle ! s'exclama la jeune femme derrière son écran. C'est la fameuse Guenièvre ?

L'oreille de l'intéressé pivota légèrement.

— Oui, le démon de l'enfer qui me déteste.

Gwen commença à se lécher la patte puis à la passer consciencieusement sur sa tête.

— Je croyais que ça allait mieux entre vous ?

— Moi aussi. Mais elle ne veut toujours pas que je la touche… Allez zou, file, dit-il en agitant ses doigts devant elle.

« *Tu penses pouvoir m'atteindre ?* » miaula-t-elle en tapant ses mains chaque fois qu'il en approchait une d'elle. « *T'es vraiment nul.* »

— Je vais être obligé d'appeler Matt, menaça-t-il avec en levant son index qui se retrouva rapidement prisonnier de griffes, mais qui ne lui firent aucun mal. T'es insupportable.

— Tu vois qu'elle t'apprécie ! sourit sa collègue.

— Quoi ?

« *Quoi ?* »

— Sinon, elle ne jouerait pas avec toi.

« *Je ne joue pas, je m'ennuie.* »

— Elle ne joue pas, elle vient m'emmerder. Bon, j'envoie un message à Matt. Ça m'embête parce qu'il travaille sur ses ruches, mais j'ai pas le choix.

— Tu pourrais la faire descendre en la prenant ? Attends, des ruches ?

— Non, je peux pas…

— Me dis pas que tu as la trouille ?

— Non, mais je veux pas qu'elle me déteste encore plus.

« *Si tu me touches, je t'envoie dans le septième cercle de l'enfer, humain.* »

— Allez, tu fais un mouvement lent, mais pas trop, en faisant en sorte qu'elle te voit, tu ne dois pas la prendre par surprise surtout et tu l'attrapes bien en dessous de ses pattes avant. Ensuite, tu n'as plus qu'à la reposer par terre doucement.

— Tu me prendrais pas pour un débile des fois ?

« C'est parce que tu l'es. »

— Non, juste pour quelqu'un qui ne s'y connaît pas en chat.

— OK, je me lance.

« Ne t'avise pas de faire ça ! »

Ben approcha ses mains de son corps en suivant les conseils de son amie.

« Enflure, salaud, mécréant ! T'as de la chance que je sois gentille et que je ne cherche pas à te crever les yeux. »

— J'y suis arrivé ! s'exclama Ben une fois qu'il eut posé la chatte au sol.

« J'ai plus qu'à me laver à nouveau, bon sang ! » s'énerva-t-elle en tordant sa tête pour se lécher le ventre.

— Bravo, maintenant c'est quoi cette histoire de ruche ? demanda Laetitia.

— Rien, Matt a des ruches, quoi. T'as vu comment je l'ai prise ?

— Oui, j'ai vu. Et il fait du miel ?

— Ouais, il a plein de pots dans la cave, il paraît. Elle était toute douce en plus.

— Comment ça il paraît ?

— J'y suis allé une fois, plus jamais. Tu connais le film sixième sens ? Je suis persuadé qu'il y a des fantômes dans sa cave. Tu crois que je pourrais la reprendre encore une fois ? Elle se laissera faire ?

« Jamais de la vie, mais je te pardonne pour aujourd'hui. »

— Oh, dans ce cas prends Guenièvre avec toi quand tu veux y aller, les chats chassent les mauvais esprits. Tu crois que tu pourrais m'avoir du miel ? Je galère à en trouver du bon, dans les grandes surfaces c'est que de la flotte qui n'a aucun goût.

— Je lui en parlerai. J'ignorais que les chats avaient ce pouvoir.

— Si, ils étaient vénérés en Égypte pour ça et même la déesse Bastet a l'apparence d'un chat. Crois-moi.

— Elle voudra jamais venir avec moi, dit-il en la regardant se lécher la jambe à l'entrée de la pièce.

« *Je suis douce* », miaula-t-elle sans lui prêter attention.

— Tu dois gagner sa confiance. Je te l'ai expliqué, non ? Les chats sont de gros gourmands.

— J'ai déjà essayé…

— Sûrement pas avec le bon truc. Le mien raffole des crevettes. Je peux pas les laisser sans surveillance s'il est dans les parages.

— Je suis prêt à tout, mais j'ai déjà essayé de lui filer des bonbons pour chats, elle était pas enthousiasmée.

— Mais maintenant, elle a confiance en toi, ça se voit.

— D'accord, dit-il pour la faire taire, mais je suis toujours pas convaincu.

* * *

— Matt ? Comment tu vas ?

— Bien, Muss. Et toi ?

— Super, le confinement s'achève dans deux jours. Est-ce que ça te va si je programme une visite dans la semaine ? Tu serais disponible quand ? Mardi 12 ?

— Si vite ? dit-il sentant la panique l'envahir.

— Oui, tu sais le couple âgé, il n'a pas trouvé ce qu'il cherchait ailleurs, alors ils sont toujours partant pour la tienne. Je t'avoue que j'espère leur faire acheter au prix que tu demandes, les biens de ce type sont rares. Mais d'un autre côté, ils sont vraiment très exigeants. Donc tu es là, mardi ?

— Eh bien, oui, mais euh…

— Ne t'inquiète pas, nous porterons des masques bien sûr et j'aurais du gel hydroalcoolique. Bon, je te dis à mardi, 10 h ? Tu vas voir, je vais te la vendre rapidement, ta maison.

Sa maison, oui, songea-t-il.

* * *

— Hey, dit Mathieu en installant la table du midi. J'ai eu un appel de Muss, des acheteurs vont venir le 12, pour visiter la maison.

— Quoi ? s'exclama Ben. Déjà ?

— Oui, il a dit qu'il prendrait toutes les mesures nécessaires pour se protéger.

— D'après les collègues, tout le monde veut à la déménager à la campagne en ce moment. T'es tombé dans la bonne période, on dirait.

— Oui, sourit-il.

« Je croyais qu'on en avait fini avec cette histoire ? » songea Lancelot au pied de Ben. *« Gwen va être triste de l'apprendre, est-ce que je devrais lui dire ? »*

— Eh bien, qu'est-ce qu'il y a mon pote ? T'as l'air tout malheureux d'un coup… C'est parce que je t'ai rien donné à manger ?

— Ah non ! le réprimanda Matt. Il a pris du poids, ça se voit. Plus de cochonnerie entre les repas.

— Il a attrapé les kilos que j'ai perdus ! s'exclama Ben. Regarde, je rentre deux doigts facilement dans mon pantalon alors qu'il m'allait serré avant.

— La vie à la campagne te réussit, on dirait.

— Ouais, plus de restaus à tout bout de champ ni surtout de plats déjà préparés ! Les promenades aussi m'ont fait du bien. Ça va me manquer, je t'avoue.

« Promenade ? »

Mathieu but sa bière pour s'empêcher de lui demander s'il n'avait pas changé d'avis, et s'il ne souhaitait pas venir s'installer avec lui, finalement. Ils seraient bien tous les deux. Mais il savait se bercer de faux espoirs, Ben était un citadin comme son père, il ne serait jamais heureux ici. Et lui, il l'aimait assez pour le suivre où il voudrait.

« Pas de promenade alors ? »

* * *

— Gwen, dit Lancelot en s'approchant des arbustes fruitiers, tu es là ?

— Hum.

Évidemment qu'elle était là, depuis que les températures étaient montées et que le soleil montrait son nez plus souvent, comme tous les ans, elle passait ses journées sous les framboisiers, c'était si agréable. En plus, elle se collait au mur qui la protégeait de derrière et le sol était recouvert de paillage. Cet endroit était parfait.

— Il y a des gens qui vont venir, la prévint Lancelot en s'asseyant.

Il la discernait mal à travers les branchages, il devrait s'allonger pour la voir, mais il se sentait si mal à l'aise qu'il n'osait pas.

— Tiens, ça faisait longtemps. Ils ont fini leur connerie les humains ? Ils ne sont plus enfermés comme des oiseaux en cage ? miaula-t-elle en baillant, pas franchement intéressée.

— Non, Gwen, ils viennent pour la maison.

La chatte se redressa doucement, jusqu'à s'asseoir. Elle ronronna sans s'en rendre compte.

Et Lancelot sut qu'elle n'allait pas bien. Elle n'avait ronronné de tristesse qu'à de rares moments, la dernière fois, c'est parce qu'elle avait été malade.

— Je dois aller voir Lul, lança-t-elle finalement sans qu'aucune émotion ne transperce.

Elle se leva, toujours élégante jusqu'au bout de sa queue et se mit en marche, juste un peu plus doucement qu'à l'accoutumée. Lancelot la suivit, il ne devait pas la laisser seule.

Gwen s'approcha de la prairie, les fleurs lui apparaissaient plus ternes qu'habituellement. Les myosotis paraissaient presque tombants, comme s'ils leur manquaient l'énergie de vivre. Mais peut-être était-ce dû à son état d'esprit. Elle avait l'impression que le monde ne tournait pas rond aujourd'hui.

— Bonjour, mon amie, entendit-elle en arrivant.

— Bonjour, Lul. Tu ne sembles pas aller bien.

La fée avait l'air encore plus vieille que d'habitude, ses couleurs étaient moins vives, presque mornes. Le bleu qu'elle arborait était terne et triste.

— Ne t'inquiète pas ma chère, il y a seulement des jours plus durs que d'autres.

— Où est passé le sushi ?

— Al est parti, lui dit Lancelot doucement.

— Quoi ? Quand ? Comment ça se fait que tu sois au courant toi ?

— Je venais souvent le voir. Son eau est très bonne.

Guenièvre regarda Lul, abritée sous le feuillage et les yeux perdus dans le vague.

— Pourquoi ne m'as-tu pas prévenue ? » demanda-t-elle vexée, elle aurait accouru prendre de ses nouvelles, s'assurer que tout allait bien. Sans en avoir l'air bien sûr. « Tu aurais dû m'envoyer une abeille.

— Les abeilles sont étranges depuis quelque temps. D'après elle, cette année, la récolte sera très fructueuse. Et elles disent que Mathieu vient beaucoup les voir, plus que d'habitude, il les manipule et prépare d'autres maisons. Elles sont très inquiètes et elles doivent remplir leur ruche de nourriture.

— Possible, dit Gwen, je n'ai pas fait attention.

— Non, bien sûr, répondit Lul.

— Lancelot a une mauvaise nouvelle, lui dit-elle.

— Hein ? Pourquoi moi ? geignit celui-ci.

— C'est toi qui me l'as dit, donc dit lui aussi.

— Justement, c'est ton tour.

— Lancelot, arrête de faire les chiots et parle !

— Je suppose que cela signifie que cette demeure va changer de propriétaire, soupira Lullaquim.

— Il n'y a rien de sûr, murmura Gwen.

— Mais des gens vont venir, continua Lance.

— Cela aura été une très belle saison, sourit la fée. Cela me va, si c'est la dernière. Je regrette simplement de ne pas être là pour le retour d'Al, à l'automne.

— Arrête Lul. Le poisson nous a parlé d'endroits sauvages en montagne. Je peux t'y emmener.

— Non, mon amie, tu sais bien que non. Je ne pourrai pas vivre loin de mes fleurs et je ne mettrai pas ta vie en danger pour cela.

— Mais…

— Cela suffit. J'ai pris ma décision. Il n'y a plus à discuter. Si tu veux vraiment me faire plaisir, passe me voir plus souvent. Tu sais comme j'apprécie ta compagnie…

La queue de Gwen tapait le sol régulièrement, elle était énervée. Contre Lul qui se résignait, contre Lancelot qui lui avait caché le départ d'Al, contre Mathieu qui les abandonnait et surtout contre ce crétin d'intrus. Tout était de sa faute.

— Allons, installe-toi mon amie, et profitons du vent qui souffle et du soleil qui nous nourrit. Et si tu me racontais un peu ce qu'il se passe ? Lancelot ne sort plus dans le village, il n'avait pas grand-chose à me dire pendant ses visites.

— Les rues sont vides, commença-t-elle en s'allongeant, les pattes recroquevillées sous son estomac. Le peu de monde qui se promène est triste, une vieille dame est morte. Mathieu a été malheureux.

✻ ✻ ✻

— Bien, monsieur et madame Sturgis, je vous fais visiter la demeure et ensuite nous finirons par l'extérieur, si vous êtes d'accord.

Mathieu resta assis sur le fauteuil, il n'avait pas envie d'assister à tout le ramdam. En fait, il voulait foutre ces gens dehors et aller s'allonger sur son transat avec Guenièvre sur son ventre. Il aimerait passer l'après-midi ainsi. Voilà longtemps qu'il ne l'avait pas fait. Il avait occupé son temps à s'occuper les mains et l'esprit en souhaitant oublier que ce jour allait forcément arriver, il en avait oublié d'apprécier cet endroit.

Il fit signe à Lancelot de venir s'installer à ses côtés. Aussitôt, celui-ci s'assit à même le sol et posa son menton sur ses genoux, sa queue remuant à une vitesse folle. Matt le caressa doucement, tout en essayant d'éviter de plonger dans ses yeux, il avait réellement un regard qui donnait envie de lui donner toute la pâtée de monde.

Il laissa sa tête sombrer en arrière, les paupières closes, il tenta de faire le vide dans son esprit. Il se concentrait sur le bruit régulier du ba-doum de son chien tapant le fauteuil de joie.

« Bon chien, je suis un bon chien. »

L'animal était fier de lui, il aidait son maître. Guenièvre aussi serait contente, elle le féliciterait probablement, même si elle était très grognon ces jours-ci. Il ignorait pourquoi, cela lui était égal de partir d'ici tant qu'il restait avec sa meute... Il releva la tête en entendant du bruit dans les escaliers. Mathieu se leva et sortit à l'extérieur, sans réfléchir, il le suivit.

Matt se posa contre le mur et mit ses mains dans ses poches. Il respira à pleins poumons. Il en avait assez. Ben serait là en fin d'après-midi. Il n'en avait pas pour longtemps, il devait juste passer à son appartement récupérer d'autres affaires, mais il n'était pas sûr de tenir jusque-là. Il voulait tout envoyer bouler et il avait besoin de sa présence pour maintenir sa détermination. Si ce n'était que lui, il resterait ici. Il n'avait absolument pas envie de partir. Il sentit flageoler ses jambes et s'agenouilla.

À cet instant, le couple arriva avec Mustapha. Ils ne le remarquèrent même pas, occupés qu'ils étaient à parler de sa maison. Celle où sa grand-mère lui avait appris tout ce qu'elle savait sur les abeilles et les plantes. Elle lui racontait des histoires fantastiques où des fées faisaient pousser des fleurs différentes tous les jours. Sa passion pour la nature était née dans cet endroit. Il baissa la tête, fixant son attention sur les pavés grisâtres du sol.

— L'extérieur est bien, sourit la dame. Enfin, il faudra tout rénover ici aussi, bien sûr.

— À commencer par se débarrasser de toutes ces mauvaises herbes et mettre de la vraie pelouse, rajouta l'homme. Visiblement, l'entretien n'est pas fait.

— Et faire poser des volets électriques, c'est tout de même plus pratique que ces vieilleries bleues.

— Vous avez même largement la place pour une piscine, je sais qu'il s'agit d'un point important pour vous, relança Mustapha en essayant de rester sur le positif.

— Effectivement... Entre cela et les travaux à prévoir à l'intérieur ;

démolir les murs, rénover la cuisine… en plus du jardin…

— Cela va faire beaucoup !

— Je comprends, intervint immédiatement l'agent pour reprendre le contrôle de la discussion. Mais vous devez vous rendre compte qu'une maison avec un tel potentiel et dans une zone aussi demandée ne demeurera pas sur le marché très longtemps. Euh… Je dois vous dire que le vendeur n'est pas très ouvert à la négociation, mais je pense pouvoir lui faire accepter une baisse de cinquante.

— De deux cents, vous voulez dire !

— Vous êtes les premiers à visiter et le propriétaire n'est pas pressé de trouver un acheteur.

— Laissez tomber !

L'agent immobilier se retourna et remarqua enfin Matt au sol qui se relevait.

— Je garde la maison.

— Pardon ? s'exclama la dame. C'est une technique pour faire monter le prix ? Parce qu'il est hors de question que l'on paie cette maison au tarif indiqué, elle ne le vaut pas.

— Parfait. Je vous raccompagne jusqu'à la porte ?

— C'est inadmissible ! Je n'ai jamais été traité de la sorte, dit-elle en s'étranglant presque.

— Nous nous souviendrons de cela, Monsieur Eraji.

Le couple fit rapidement le tour de la bâtisse pour retourner à la voiture. Mathieu les entendit pester jusqu'à ce que leurs portières claquent et qu'ils démarrent violemment. Alors, Mustapha s'approcha de lui.

— Je comprends ce que tu ressens, mais tu aurais pu me le dire avant !

— Désolé, je pensais que je pourrais… Mais non, désolé.

— Bon, tout le monde au village sera soulagé. Tu sais qu'ils me regardaient tous de travers, car j'allais vendre ta maison. Enfin… J'ai plus qu'à dire au revoir à ma super commission.

— Tu vas perdre tes clients à cause de moi, je suis navré.

— Pas vraiment, j'avais rien d'autre à leur proposer de toute façon. Et je crois pas que ta demeure leur aurait convenu. Ils veulent un appartement moderne en pleine cambrousse et pour trois fois rien. Et puis franchement, des connards pareils, je m'en passerai bien ! Ils ne seraient jamais acclimatés au village et tout le monde m'aurait détesté.

— Ça va aller pour toi ? s'inquiéta Matt qui culpabilisait.

— Oui, ne t'en fais pas. J'ai beaucoup de demandes pour des maisons à la campagne… Par contre, tu t'y connais toi, en travaux ?

— Euh oui, dit-il sans comprendre. Les réparations, c'est un peu mon boulot.

— Pour te faire pardonner, tu pourrais m'estimer le coût des rénovations pour une baraque que je veux vendre ? Il y en a pas mal et ça risque de rebuter les acheteurs, mais avec une idée de prix, ça pourrait le faire.

— Ce serait pas mieux avec un devis d'une entreprise ?

— Parce que tu crois qu'il se déplace pour ça ? J'ai déjà demandé et apparemment je leur fais perdre leur temps… Sans compter que les travaux dont je te parle font appel à plusieurs corps de métier, je peux pas tous les contacter un par un.

— OK, dis-moi quand tu seras dispo. Je peux donner le coût des matériaux et le nombre d'heures qu'il faudrait, mais je suis pas sûr des tarifs…

— Tu arriveras bien à me faire une supposition à partir de là ! Je te tiens au courant, dit-il en s'éloignant. Et passe le bonjour à ton frère.

* * *

Benjamin tourna la clef dans son appartement et l'odeur de renfermé le saisit immédiatement à la gorge, il se hâta d'aller ouvrir la fenêtre.

Il pivota ensuite vers son petit studio qu'il habitait depuis presque dix ans maintenant. Il n'avait jamais envisagé de déménager jusqu'à ce qu'il rencontre Matt et souhaite vivre avec lui. Ce studio avait toujours été parfait, situé en plein centre-ville, avec un loyer pas si cher que ça et plutôt silencieux. Mais aujourd'hui, le bruit qui montait de la rue ; alors que le confinement venait juste d'être levé et que la vie n'avait pas encore totalement repris, lui semblait insupportable. Ce n'était rien, des chiens qui aboyaient, une voiture, les voisins d'en face qui gueulent, une sirène de pompier au loin. C'était devenu infernal, mais il y a deux mois, il aurait trouvé cela calme.

Il secoua la tête et alla chercher dans son armoire de nouveaux vêtements, plus légers. Il n'avait emporté que des habits d'hiver pratiquement avant de rejoindre Matt. Il se demandait comment serait la maison cet été, certainement fraîche. Loin de la chaleur étouffante de son appart.

Il fit son sac et il était prêt à partir. Il se retourna une dernière fois, dans ce qui a été son « chez lui » pendant si longtemps, et il se rendit compte que ce n'était plus le cas à présent. Son foyer était désormais rempli de poil de chat, de gratouilles aux oreilles de promenade, et de baisers sucrés au miel.

Il devait rentrer et parler à Matt.

* * *

Ben claqua la porte d'entrée, posa un sac dans le couloir et appela son homme. Il le retrouva dans le jardin occupé à jouer avec Lancelot. Il souriait et lui lançait une balle. Il était de bonne humeur. Voilà, plusieurs semaines qu'il ne l'avait pas vu aussi joyeux. Il avança d'un pas et faillit tomber alors que Guenièvre passait entre ses jambes.

« Laisse tomber l'intrus, t'as perdu. »

Les aboiements du Jack Russell qui sautait à côté de lui pour le saluer, lui firent oublier que Gwen avait encore essayé de le tuer, il s'agenouilla et le caressa comme il put. La chose n'avait rien d'évident alors qu'il cherchait à lui lécher le visage et gigotait dans tous les sens.

— Hey ! dit son amant en s'approchant.

Benjamin se releva et le regarda, tête baissée, visiblement gêné.

— Tu ne vas pas vendre, c'est ça ?

— Non.

— Bah, c'était prévisible après tout. Tu es trop attaché à cet endroit.

— Je sais que ce n'est pas ce que tu voulais, enchaîna-t-il rapidement. On pourrait trouver un compromis, mais je…

— Et si j'emménageais ici ? proposa-t-il en s'asseyant dans l'herbe. Je perdrais un peu de temps dans les transports, mais la gare n'est pas si loin finalement. Et puis, le télétravail va continuer encore un moment apparemment. Je prendrai un abonnement de train, mais j'économiserai en loyer, je couche avec le proprio, alors j'espère qu'il me fera un prix.

— Oui, cela peut se faire, sourit Mathieu en s'installant à ses côtés. Je crois qu'un partage équitable des factures pourrait être suffisant. Mais tu es sûr que cet endroit te convient ?

— Est-ce que j'aurais mon mot à dire dans la réfection de la maison ? Pas le jardin, je le sais, j'ai renoncé à te le faire domestiquer.

— On ne soumet pas la nature, mais je pense qu'on peut aménager le bas comme tu me l'as suggéré. Mais ça demande pas mal de liquidité, tant que je n'ai pas de réponse définitive pour le boulot.

— Je vais t'aider. J'ai mis un peu de côté pour l'achat de ma maison, alors ça me ferait plaisir de te filer un coup de main. Enfin au niveau financier, hein, parce qu'on est d'accord que je suis pas très doué pour les travaux manuels.

— Tu n'es pas obligé de…

— J'y tiens. Je… Je me sens chez moi ici, donc c'est normal que je participe à son entretien. Et j'ai vraiment envie de voir ce qu'elle va donner une fois retapé. Elle sera absolument sublime cette maison.

Matt retint l'émotion qui lui montait à la gorge. Il était si heureux que Ben partage son rêve.

— Et puis, continua son petit-ami, t'imagines pas ce que j'ai économisé en bouffe. Aucun plat préparé ni restau. Et rien que pour le bonheur d'avoir un bureau, ça vaut bien un dédommagement. Ça changera de mon studio où la même table me sert pour manger, bosser, jouer… J'ai failli étouffer en y rentrant tout à l'heure. J'y suis resté à peine deux heures et le boucan des voisins était intenable. Heureusement que j'ai passé le confinement ici. Sérieusement. Ma santé mentale t'en remercie.

Benjamin s'interrompit alors que le chat sauta sur ses genoux. Il se figea, pendant que Guenièvre tourna sur elle-même et se pelotonna contre lui.

« J'accepte de te supporter, mais tu devras apprendre à me caresser correctement, je te préviens. Pas comme ce que tu fais avec l'autre idiot ! »

« Hey ! Moi, j'adore les papouilles qu'il fait. »

« Oh, surprise ! »

— Je t'avais dit que ce n'était qu'une question de temps, dit Matt.

— Je commençais à désespérer, répondit Ben en grattant doucement le félin derrière les oreilles. Elle a l'air d'apprécier !

« C'est vrai que tu es plutôt doué l'humain. Très bien d'intrus, tu passes à gratouilleur officiel », songea-t-elle en tournant la tête pour profiter un peu mieux de ses caresses.

— D'ailleurs, continua Ben après un silence, il y a une chose dont je rêve depuis tout petit, mais j'ai toujours vécu en appart, alors... Je t'en ai sûrement déjà parlé...

— Je t'écoute.

— J'aimerais adopter un Husky, tu sais la race qui... Guenièvre ! cria-t-il en essayant de la retenir. Pourquoi elle s'en va ? questionna-t-il tout triste.

— Évidemment qu'elle part, tu veux prendre un autre chien ! éclata-t-il de rire.

« Sale traître ! Et moi, qui étais prête à t'accepter. Je vais t'éjecter d'ici vite fait, l'intrus. »

Hautaine, elle s'éloigna vers le fond du jardin pour annoncer la bonne nouvelle à Lullaquim, les pâquerettes blanches tout au loin, semblaient refléter la lumière.

« Un copain ? On va avoir un nouveau copain ? »

Lancelot tourna autour d'eux en faisant des sauts désordonnés.

« T'as entendu Guenièvre ? La meute s'agrandit ! »

Il courut après elle, laissant les deux hommes seuls.

— Ils ont réellement compris ce qu'on a dit ? s'étonna Ben. Hey, et si l'on commandait à manger pour fêter cela ? suggéra-t-il. Il y a des restaurants ouverts malgré le confinement.

— On ne peut pas se faire livrer ici et le camion à pizza ne vient sur la place du village que le mercredi soir, tu sais.

— Bon sang, tu vis vraiment dans un trou paumé !

— Oui, sourit Mathieu heureux.